KB013044

건축의 신 9

반자개 장편 소설

초판 1쇄 찍은 날 | 2016년 12월 14일
초판 1쇄 펴낸 날 | 2016년 12월 21일

지은이 | 반자개
펴낸이 | 예경원

기획 | 위시북스
편집책임 | 박우진
편집 | 이즈플러스

펴낸곳 | 예원북스
등록번호 | 제396-2012-000132호
등록일자 | 2012. 7. 25
KFN | 제1-053호

주소 | 경기도 고양시 일산동구 호수로 646-24 위너스21 II 빌딩 206A호 (우)10401
전화 | 031-819-9431 팩스 | 031-817-9432
E-mail | yewonbooks@naver.com

ⓒ반자개, 2016

ISBN 979-11-5845-308-4 04810
      979-11-5845-549-1 (set)

반자개 장편 소설

WISHBOOKS MODERN FANTASY STORY

건축의 신

9

Wish Books

CONTENTS

건축의 신

59장
3학년 2학기(1)

현장을 나가는 시장을 보며 성 사장이 코웃음을 쳤다.

"찍기는 내가 먼저 찍었는데, 너구리 같은 양반이 어디다
가 침을 발라?"

박 소장이 물었다.

"저. 사장님?"

"응. 왜 그러나?"

"죄송합니다. 미처 제가 김 기사에게 귀띔을 했어야 했는데."

"신경 쓰지 말게. 나야말로 자네에게 미리 말했어야 하는
데, 갑자기 방문을 했으니, 당황했지?"

아까 뜬금없이 사장이 시장을 대동하고 들어왔을 때는 얼
마나 뜨끔했던가?

하지만 그는 웃으며 말을 이었다.

"저희 현장이야, 항상 이런 상태이니, 누가 와도 괜찮습니다."

"알아. 나도. 그 녀석이 있는 현장이 어지간하겠어?"

소장이 고개를 갸우뚱했다.

'아까도 인연이 있다고 시장에게 말하는 것을 들었는데? 혹시 그 소문이?'

"혹시 김성훈 기사에 대해서 잘 아십니까?"

사장의 얼굴에 묘한 웃음이 서렸다.

"알지. 아주 잘 알고말고."

너무 깊이 들어가는 것이 아닌지, 염려를 하면서도 그는 묻지 않을 수 없었다.

곽 이사도 성훈의 이름을 언급하면서 함부로 하지 말라고 당부에 당부를 거듭했었다.

아는 사람들만 아는 소문.

'그룹 내에 숨겨진 로열패밀리가 있다.'

정확히 진위를 파악할 수야 없겠지만, 잘만 에둘러 물으면, 진위파악을 위한 단서 정도는 얻을 수 있으리라. 그것은 자신의 미래의 행보를 결정할 중요한 지침이 될 것이다.

"혹시 어떤 관계이신지?"

하지만 사장은 성훈이 있을 법한 층을 올려다보며, 대수롭지 않게 말했다.

"저놈이 내 아들이라는 소문이 돈다면서? 혹시 그 소문 때문에 물어보는 건가?"

소장이 화들짝 놀라며 부정했다.

"아니, 아닙니다. 저는 그렇게……."

그 말에 사장은 웃으며, 조용히 뇌까렸다.

"홋. 저놈한테 잘 보여. 조만간 자네 위에 있을 놈이니까."

소장의 눈이 튀어나올 듯 커졌다.

'내 위면, 못해도 이사급? 일반인은 그게 절대 불가능하지.'

사장도 속으로 읊조렸다.

'나도 저놈이 내 아들이었으면 좋겠다. 내 아들들은 하라고 노래를 불러도 안 하는데, 녀석은 알아서 척척 제 길을 만들어가고 있단 말이지. 누군지 몰라도 자식농사는 잘 지었네.'

사장이 흐뭇한 목소리로 말을 이었다.

"기특한 놈이란 말이야."

사장의 입장에서야 지나가는 말이지만, 말단 소장이 어디 그렇게 생각하겠는가?

'이거 곽 이사님께 알려드려야겠는걸. 아니, 이미 알고 계실지도 몰라.'

서울로 가는 길에 김 비서를 태웠다.

"왕 비서님은 뭐라고 하시던가?"

"잘하고 계시다고 했습니다."

"그래? 다른 말씀은 없으셨고?"

"그것 말고……. 아! 울산에 변화의 바람이 불고 있다. 차후 한국의 건설에도 영향을 미칠 것이 분명하니, 주시하라고 하셨습니다."

"아버지의 판단이시겠지."

"아마도 그렇겠지요. 꼭 필요하니 말씀하신 것 같습니다. 그리고 왕 비서님의 추측입니다만."

"말해 보게나."

"이런 말씀을 하시더라고요."

"뭐라고?"

"그 흐름을 시장이 주도하는 것처럼 보이지만, 갑자기 시장이 바뀌었을 리가 없다. 그 흐름을 주도하는 녀석이 숨어 있으니, 그걸 잡아내라고 말입니다."

사장이 피식 웃었다.

"그래?"

"왜 웃으십니까?"

"아. 아까 그 방향의 주도자를 본 것 같아서 말이지."

"네?"

김 비서가 고개를 쭉 내밀었다.

"놈은 시장을 애 다루듯이 하더군. 상당히 충격적이었어."

"그런 겁대가리를 상실한 인간이 있다는 말입니까? 안전모 같은 놈이 또 있는 모양이군요."

"크크크. 자네는 한결같아서 참 좋아."

"그게 무슨 말씀이신지?"

"그놈이 그놈이야."

말귀를 알아먹지 못해 비서가 어리둥절했다.

"그놈이 그놈……."

짝.

그제야 깨달았다는 듯 이마를 쳤다.

"정말 그놈이 그놈입니까?"

"그래. 이제는 어중간한 기업 사장은 놈 앞에서 명함도 못 내밀겠더라고."

시장과 성훈이 나누던 대화를 간략하게 김 비서에게 말해 주었다.

"묘한 일이야!"

"뭐가 말씀이십니까? 사장님."

"녀석과 엮이려고만 하면 내 존재감이 흐릿해진다는 말이지."

"그건 아닙니다. 그놈이 버르장머리가 없는 겁니다."

하지만 사장은 고개를 저었다.

"그렇지 않은가? 녀석과의 첫 만남에서도 그랬고."

"그때부터 버르장머리가 없었지요. 어디 사장님 앞에서 안전모를 쓰라마라."

열변을 토하는 그를 보며 사장이 혀를 찼다.

'나한테 그런 게 아니라, 자네한테 말한 거야.'

직언으로 충신의 마음을 다치게 할 수는 없는 일.

사장이 말을 이었다.

"본사에 찾아왔을 때 녀석을 만나러 갔다가도 얼굴도 못 보고 숨어 있다가, 도둑고양이처럼 도망쳐 나오지 않았던가?"

"그때도 놈은 주제넘은 소리를 했었지요. 사장님의 고견이 아쉽다는 둥 하는 소리를 하면서요."

구멍가게 사장이라도 자기 가게에서는 이기고 들어가는데, 대기업을 통솔하는 오너가 숨어서 부하 직원의 말을 훔쳐 듣다니, 도저히 상상도 할 수 없는 이야기가 아니던가?

"그래서 이번에는 현재건설 사장으로서 위엄을 좀 보이려고 했었는데, 놈은 내가 누군지 관심도 가지질 않더구먼."

"네? 정말 그랬단 말입니까?"

"애초에 내 얼굴도 모르고, 시장과 같이 있었으니, 그랬을 거라 생각은 드네만."

"애초에 시장과 엮이지 말았어야 했습니다."

태양이 떠 있으면 별은 빛나지 않는 법이다.

사장도 그 말에는 동의했다.

"그럴 생각은 없었지. 한데 시장과 이야기를 하다가, 안전모 이야기가 나오는 바람에 안 데리고 갈 핑계가 없더군. 내 현장인데 말이야."

"제가 그 자리에 있었으면 혼꾸녕을 냈을 텐데 말입니다."

김 비서의 말을 들으며, 사장이 창밖으로 시선을 던졌다.

'아무래도 다음에 안전모 놈을 만날 때는 김 비서는 빼야겠어. 음. 그게 옳은 판단이야.'

백번 생각해도 지당한 결론이었다.

"하지만 이번 녀석과의 만남에서 완전히 얻은 것이 없지는 않아."

김 비서가 의아한 시선으로 물었다.

"사장님의 위엄을 보이지 못하지 않았습니까?"

사장의 위엄을 보이고, 성훈으로 하여금 알아서 숙이고 들어오게 하는 것이 목적이 아니었던가?

그런데 사장은 실패만은 아니라고 말하고 있었다.

"적어도 이제 녀석은 우리가 생각하던, 그런 애송이가 아니라는 거지."

"네?"

"시장, 그 너구리 같은 양반이 녀석에게 쩔쩔매더군. 그리고 녀석에게 눈독을 들이고 있더라고."

"안전모는 정치에 관심이 없지 않습니까?"

누가 봐도 성훈은 정치에 관심이 없었다.

사장이 아까 있었던 시장과의 이야기를 해주었다.

"하지만 둘의 내기 결과에 따라서 관심을 가지기 싫어도 가질 수밖에 없는 상황이 생긴다고. 시장, 그 양반이 보통은 넘거든."

"네. 그분은 기회를 놓칠 분이 아니죠. 이번 시민과의 대담을 봐도 그렇습니다."

대담과 그 이후의 결과로 다음 선거의 향방을 완전히 뒤집어 놓았으니, 시장으로서는 완벽한 선방이었다.

출마를 준비하던 후보가 다음 선거를 노린다는 말을 할 정도였으니, 더 무슨 할 말이 있으랴?

"지금 지지율이 하늘을 찌른다고 입이 찢어져 있더군. 그 시작이 안전모, 그 녀석에게서 시작되었단 말이야."

좀 더 자세한 설명이 필요할 터.

김 비서가 말했다.

"그때 어떤 일이 있었는지, 조사해서 보고 올리도록 하겠습니다."

"음. 그리고 녀석이 시장의 손아귀에 붙들리지 않도록, 수를 써 봐."

"어떻게 말입니까?"

월드컵의 결과를 어떻게 바꾼다는 말인가?

사장의 말이 이해가 되지 않았다.

"시장과의 내기가 월드컵이었으니, 그 응원단인가 뭔가 하는 녀석들이 목이 터져라 응원하도록 지원할 수 있는 것은 다 하라는 말이야!"

비서의 얼굴에 슬쩍 웃음이 떠올랐다가 사라졌다.

'가지지는 못해도 빼앗기지는 않으시겠다?'

비서란 비위를 맞추는 것이 아니라, 그가 하고자 하는 것을 미리 준비하는 것.

그것이 진정한 비서의 일이 아니던가?

"알겠습니다. 사장님. 기획실에 말해 두겠습니다."

"그래 주겠나? 요즘에 신경 쓰이는 일이 많아서 말이야."

"만족스러운 결과가 나오도록 조치하겠습니다."

그의 조치라는 것이 결과에 대한 압박이겠지만, 비서의 압박이란 곧 사장의 지시와 같은 것!

사장의 입꼬리가 올라갔다.

"내가 자네를 신뢰하는 이유가 바로 그거야."

진정한 호가호위가 무엇인지 알고, 자신을 위해 그 힘을 사용할 줄 아는 김 비서는 진정한 오른팔이었다.

"응원단을 공식적으로 지원하면 어떻겠습니까?"

"흠. 좋은 생각이야. 회사 홍보도 하면서 좋은 이미지를 남길 수 있겠어."

"네! 보이는 수익을 남기는 사업은 아니니 말입니다. 아마도 월드컵에 직접 투자하는 것 이상의 성과를 거둘 수도 있지 않을까 예상합니다."

"좋아. 그 건은 자네에게 맡길 테니, 재량껏 진행하도록."

김 비서가 두 주먹을 불끈 쥐었다.

이렇게 믿어주는데도 성훈을 시장의 손에 들어가게 했다가는, 돌이킬 수 없는 타격을 받으리라.

'사장님은 편애를 하시는 분이 아니지. 그 결과에 대한 상
벌 또한 확실하시고.'

눈 감은 채, 시트에 기댄 사장을 보며 속으로 다짐했다.

'믿어주십시오. 반드시 완수하겠습니다.'

더운 여름이 끝나간다.

내 현장실습이 끝나갈 무렵, 문 차장이 말했다.

"인자 슬슬 공사가 마무리되어 가는구먼. 인자 성훈 씨는
어떻게 할랑가?"

정신없이 달려온 두 달이었다.

"학교로 돌아가야죠. 이제 민수도 돌아올 시간이고."

"오잉? 어째 성훈 씨 옆구리가 허전허다 했더니, 그 친구
가 없었구마잉."

"워낙 말이 없는 친구니까요."

"시방 어디 있간디?"

"제 할아버지한테서 일 배우고 있어요."

"엥. 할아버지? 그 친구는 저그 아부지 가구 회사 이어받
는 거 아니었능감?"

"이번 연말에 공모전이 열리는데, 그때 필요한 기술을 배
우라고 보냈어요."

문 차장이 흥미를 보였다.

"그거이 뭐신디?"

"나중에 초대장 보낼 테니, 보러 오세요."

며칠 후, 나는 총장을 찾아갔다.

"총장님께서는 제게 지원을 아끼지 않겠다고 하셨습니다."

그가 고개를 끄덕였다.

"그랬지. 뭐가 필요한지 말만 하게."

"이번 결과가 좋으면, 건축학과를 학부로 만들고, 학과 하나를 개설해 주십시오."

"엉?"

느닷없는 제안에 총장이 잠시 말을 잃었다.

그가 둥굴레 냉차를 벌컥 들이켰다.

"상금이나 지원이 아니고, 학과를 만들어 달라?"

이런 반응이 나올 거라 예상했다.

"네. 학과가 필요합니다."

"잠시 생각할 시간을 주게나."

내 눈을 지그시 바라보며 손으로 턱을 매만진다.

내 의도를 파악하려는 것이리라.

잠시 후, 그가 말을 꺼냈다.

"흠. 도저히 자네 의도를 모르겠군."

이건 내 미래를 위한 포석이었다.

아랍 부자들에게 전통을 팔아먹고, 미국의 권력자들에게 한국의 미를 각인시키기 위한 포석. 그리고 그 포석은 한 수 앞이 아니라, 수십 수백 수 앞을 두고 놓아야 한다.

성공적인 한 수로 끝나는 것이 아니라, 의도된 포석이 꼬리에 꼬리를 물고 더 큰 물결을 일으키기 위한 흐름을 만드는 것이었다.

"총장님께서 아시다시피, 저는 제 또래들보다는 많은 결과를 만들었습니다."

그래봐야 몇 건의 설계와 몇 번의 공모전이지만, 총장은 내가 숨긴 다른 건까지 알고 있으리라.

"음. 그건 나도 인정하네. 그렇기에 이 프로젝트를 자네에게 맡긴 것이지. 한 교수가 아닌, 자네에게."

"감사합니다. 하지만 그것들은 온전히 제 실력만으로 이루었다기보다는 좋은 시류를 탔다고 생각합니다."

마이어를 만나고, 프랭크를 만나고, 아랍의 왕자들까지. 그리고 현재건설과 맺어진 인연.

그 모든 것은 한 교수에게서 시작되었다.

작은 시작이었지만, 지금은 총장이 바람을 불어주고 있다.

이 바람을 타고 조종하고 싶었다.

"틀린 말은 아니네만, 너무 겸양을 해도 좋지 않아."

그러나 그의 눈은 흐뭇하게 웃고 있었다.

"이제 그 시류를 제가 만들어보려 합니다."

"어떻게? 계획해 놓은 것이 있나?"

내 계획의 일부를 공개해야 한다.

"누구나 알지만 지금까지 본격적으로 시도한 적은 없었죠."

혹은 시도했더라도 어떤 사정으로 빛을 발하지 못했거나 말이다.

'다만 지금까지 누구에게도 말하지 않았던 건 다른 누군가에게 선점당하지 않기 위해서였지.'

앞에 놓인 차로 입을 헹구고 말을 꺼냈다.

"저는 이번 공모전에서 전통의 새로움과 가치를 외국인들에게 알리고, 그 가치를 외국에 상품으로 내놓으려고 합니다."

"흠. 전통을 상품화 하겠다?"

총장은 과연 어떤 반응을 보일 것인가?

그가 회의적인 반응을 보인다면, 다른 방법을 찾아야 할 것이다. 혹은 다른 후원자를 찾거나.

그리고 그가 만약 반대를 한다면, 그만의 어떤 이유가 있을 것이다. 분명히.

'총장이 어떤 대답을 할까?'

조용히 그의 대답을 기다렸다.

"흠."

잠시 내게 눈길을 주더니, 턱을 팔에 괴고 생각에 잠겼다.

생각하는 사이사이 입술이 씰룩이는 거로 봐서는 긍정적인 반응이었다.

"훗, 전통의 상품화라."

나를 지긋이 쳐다보더니, 찻잔을 들었다.

"좋은 아이디어군. 젊어서 가능한 생각인가?"

"총장님도 여전히 젊으십니다."

말도 안 되는 소리라고 반대를 하지 않는 것부터가 달랐다.

'적어도 꼰대는 아니라는 소리지.'

저 연배라면 대놓고 반대는 아니더라도, 어느 정도 잔소리는 각오하고 있었거든.

'설득도 통하는 상대에게나 하는 거지. 휴.'

다른 사람도 아닌, 총장을 말발로 감당할 생각을 하니 등에 식은땀부터 나오지 않았던가?

우리 학교에서 가장 어려운 사람을 꼽으라면 나는 총장을 꼽는다.

"나도 늙은 게지. 자네가 말할 때까지는 생각도 못 했으니 말이야."

그러나 그 눈빛은 늙은 기색이 없었다.

새로운 먹잇감을 잡은 매처럼 반짝이고 있었다.

일단 감사를 표했다.

"감사합니다. 이해해 주실 거라 생각했습니다."

총장은 손을 내저었다.

"생각해 보니 맞는 말인데 뭘. 알아주지 않는 전통은 세월에 묻힐 뿐이야. 도자기도 자꾸 꺼내서 닦아줘야 빛이 나는 법일세."

고개를 끄덕이는 내게 총장이 물었다.

"구체적인 계획이 있나?"

"일단 저는 전통을 판매할 곳으로 현재를, 그리고 그것을 제작할 곳으로는 우리 학교를 생각하고 있습니다."

그리고 덧붙였다.

"이 제안은 총장님께 처음 드리는 겁니다."

"그럼 아직 현재 쪽은 이 사실을 모르겠군."

"말만으로 그들을 설득할 수 없습니다. 먼저 물건이 있어야겠지요."

"그렇지. 어설프게 말만 했다가는 홀라당 털어 먹을 테니 말이야."

자신은 그렇지 않은 것처럼 말하는 총장이었다.

'사실 당신한테 말하는 것도 모험이었습니다.'

하지만 총장은 나를 밀어준다는 것을 분명히 표현했었다. 그리고 어디까지나 동반자였다.

전통학과 관련자들을 몽땅 내 편으로 만드는 것은 별개로 하고 말이다.

아직은 총장보다는 한 교수가 믿음직했다.

그는 흥미가 돈는 듯, 진지하게 대화에 응했다.

"음, 그래서 학교에 전통 건축학과를 만들고, 그 인재들을 배출해 달라?"

"이번 공모전에서는 제가 아는 전통기술자들을 전부 끌어들일 겁니다."

"오호라! 그렇다면 대목장 최기형 옹도 그 일환이겠군? 민수 군이 거기 왜 가 있나 했더니."

'그럼 그렇지.'

알고 있을 거라 짐작은 했지만.

내가 총장에게서 정작 얻어야 할 진짜 알짜배기는 저 정보력의 근원일 거야.

"그분만으로는 다양성이 부족합니다."

"흠……. 그런가?"

"거기서 저는 총장님께서 가진 인맥을 총동원해서 구색만 갖춘 학과가 아니라, 바로 제작이 가능한 공방을 만들어 달라는 겁니다."

"그러고 나서는?"

"제가 현재건설에 들어가서 만들 프로젝트팀에 그 학생들을 불러서 실습과 제작을 병행할 겁니다."

"가능하겠나?"

이번에는 우려가 담긴 목소리였다.

이걸 위해서 현재에다가 작업을 해놨는데, 안 되면 강제적으로라도 되게 만들어버릴 것이다.

'가진 주식을 몽땅 팔아서 현재건설로 갈아타면 말발 좀 먹히지 않을까?'

하지만 그건 최후의 수단이 되어야겠지.

총장에게 말했다.

"적어도 그 친구들이 취직 걱정은 하지 않도록 할 자신이 있습니다. 물론 그것은 학과가 만들어졌을 때, 실현 가능한 이야기겠죠."

"산학협동이라는 말이군."

"네, 그렇죠."

긍정의 대답이 나오지 않았을 경우, 이걸 미끼로 총장과 협상하려 했었다.

학생들이 대학에 바라는 것 중에 가장 큰 비중을 차지하는 것이 바로 취업이 아니던가?

"그건 확실히 구미가 당기는군."

그의 말에 확신이 생겼다.

지금까지의 총장이 간만 본 거였다면, 지금은 물기 직전이었다.

총장이 입가를 올리며 물었다.

"그것은 공모전을 성공적으로 끝낸다는 전제하에 하는 말일 테고."

진지하게 고개를 끄덕였다.

"네, 그게 미래의 고객들에게 어필할 카탈로그가 되겠죠.

자연스레 학교 홍보도 될 테구요."

학교의 지원과 외부에서의 구매의사가 발생하면 전통 건축은 자생력을 갖게 된다.

돈이 되는 일을 싫어하는 사람은 없다.

아니, 돈이 되는 일이라면 오히려 뛰어난 재원이 스스로 달려든다.

그건 학과 발전의 원동력이 될 것이다.

'내가 심리적 지분을 차지하고 있으면, 앉아서 그 재원들을 활용할 수 있는 거지.'

다른 말로 앉아서 꿀 빠는 거였다.

내 생각이 너무 야비한 것인가?

아이디어가 지배하는 세상이 아닌가?

괜찮아.

스스로를 납득시켰다.

'오히려 내 꿀을 딴 사람이 빨려고 덤비는 것을 경계해야 할지도 몰라.'

총장도 고개를 끄덕였다.

"그렇겠지. 학교 입장에서도 좋은 이야기지."

아직 총장은 답변을 주지 않았다.

그는 답변 대신 질문을 던졌다.

"구체적인 안을 들어볼 수 있겠지. 나름 후원자가 아닌가?"

구체적인 안?

'내가 너무 말을 빨리 꺼낸 건가?'

좀 더 일을 구체화시킨 다음에 꺼냈어야 했나?

아니, 다른 사람이었다면, 내 아이디어에 투자를 결정했을 것이다. 하지만 그는 아직도 나를 떠보고 있었다.

총장은 눈썹을 으쓱이며, 내게 대답을 종용했다.

그의 말에 미소로 답해줬다.

'은근슬쩍 구렁이 담 넘어가듯이, 내 속을 다 파악하려는 건가?'

적당히 일부만 말하기로 했다.

"가는 방향은 정했습니다만, 아직 구체적인 안은 없습니다."

하지만 너무 정보를 제공하지 않으면, 흥미가 떨어질 터.

흥미가 떨어진 것에 지속적인 투자는 불가능하다.

"하지만 고객은 정해져 있죠."

그들에게 그것을 팔 수 있다는 말과 같았다. 그렇다고 그들의 구미에만 맞도록 물건을 만들지는 않을 것이다.

총장이 눈을 빛냈다.

"아랍의 왕자들? 그리고 유럽 여러 곳에 있는 인맥들?"

꿀꺽.

나도 모르게 침이 넘어간다.

'역시 만만치 않아.'

"그리고 다른 곳도 개척을 하겠죠. 그건 고작 일 년 만에 만든 고객들입니다."

발끈한 내 대답에 그는 입꼬리를 말았다.

"대단하다는 건 인정하지."

그가 말을 이었다.

"다른 고객을 만들기 위해 해외를 나돌아 다닐 건가?"

무슨 말을 하고 싶은 거지?

아랍의 왕자들만 해도 작은 나라 예산만큼의 돈이 있다고. 절대 작은 고객이 아니다.

'왜 내가 발끈하고 있는 거지?'

나름 잘나간다고 생각했고, 막힘없이 전진해 왔다고 생각했다. 그것은 미래를 알고 모름의 차이가 아니라, 내 노력의 결과였다.

그리고 지금 하는 말은 앞으로 내가 만들 결과였다.

'단지 내 말에 딴지를 걸었기 때문에?'

다른 사람이 내 말에 반박을 했다면, 나도 반박으로 대응했을 것이다.

'하지만 총장은?'

다르다.

이 사람은 허언을 하지 않는다.

찻잔을 내려놓으며 총장이 말했다.

"나는 고수를 좋아한다네."

고수?

'무림의 고수? 그런 것?'

그의 의도를 알 수 없었다.

그래서 입술을 올리며 웃었다.

'침묵은 금.'

상대방의 의도를 정확히 알지 못할 때는 이게 최고다.

알아도 모른 척! 모르면 입 다물고.

몰라도 아는 척했다가는 바로 바보가 된다.

그리고 총장 같은 능구렁이 앞에서는 어떤 말을 하든 진위는 드러난다.

이어지는 말에 내 착각임을 알 수 있었다.

"쌀국수를 좋아하다 보니, 그걸 먹게 되었다네."

그의 의도를 알아채기 위해 가만히 듣고 있었다.

"그런데 그걸 처음 먹었을 때, 어땠는지 아나?"

고수는 호불호가 지극히 갈린다.

그 화장품 냄새 같은 특유의 향이 원인이다.

지금 시절, 한국에서 고수를 접할 일은 거의 없다. 아니, 아직은 그 단어조차 생소할 것이다.

'역했겠지.'

"역했다네. 그 독특한 향이 말일세."

"그런데 왜 그걸 좋아하게 되었을까?"

그의 말이 계속 이어졌다.

"베트남 사람들이 원래 먹는 것은 어떤 맛일까? 하는 호기심이 생기더란 말이지."

쌀국수를 좋아하지 않았다면 그런 호기심이 생겼을까?

처음부터 고수가 들어 있는 쌀국수를 먹었다면?

"그래서 내가 물었지. 왜 처음부터 그것을 내어놓지 않았
냐고. 주방장이 그러더군. '모르는 사람이 처음부터 고수를
접하면, 쌀국수 자체를 입에 대지 않습니다'라고."

그의 말에 답했다.

그가 말하려는 바가 뭔지 감을 잡았다.

"너무 강한 특색은 장점이기도 하지만, 모르는 사람들에
게는 거부감이 생기기도 하죠."

총장이 고개를 끄덕였다.

"하지만 지금 나는 고수를 아주 좋아한다네."

지금 내 앞에서 입꼬리를 올리며 웃는 노인은 고수였다.

능글맞게 웃으며, 내게 답을 종용하고 있었다.

그는 내게 묻고 있었다.

'지금 우리나라에 있는 전통 건축, 그 자체로 내다 팔 수
있겠느냐고.'

'고수 그 자체보다는, 먼저 고수를 뺀 쌀국수를 먹이는 것
이 고수를 먹게 하는 방법이 아니냐고.'

한국인에게 정통 베트남 쌀국수를 팔려고 하면 어떻게 하
는 게 답이냐고.

답?

답은 이미 나와 있다.

전통에서 뺄 게 뭐 있나?

뺄 수 없다면?

더하는 수밖에.

'답은 퓨전이죠.'

하지만 지금 말할 수는 없다.

그의 질문이 꼬리에 꼬리를 물테니까.

결국 막힐 테지. 지금도 그가 어떤 질문을 던질지 예상할 수 없으니까.

'어설픈 말 천 마디로는 그를 설득할 수 없어.'

한 장의 종이가 그를 납득시키는 데는 더 나을 것이다.

그리고 내가 착각하는 것, 또 한 가지.

지금은 한류가 시작되지도 않았다는 것.

한류의 바람을 타고 건축 한류를 팔아먹을 생각만 했지. 정확히 언제 시작되는지를 모르고 있었다.

'겨울연가가 시작될 때였던가? 욘사마?'

하나 실제로 한류가 확산되는 것은 그 이후였지.

'아까 말처럼 내가 바람을 만들어야 하는 거야?'

알면 찾아도, 모르면 찾지도 않는다.

우리 것이 좋다는 것을 알기 전에 미리 우리 것이 있다는 것은 먼저 알려야 한다는 것이다.

그것도 자연스럽게 알려야 한다.

'고수 뺀 쌀국수.'

입소문을 타기 시작하면 그때부터는 알아서 찾아온다.

예전의 한류 바람 또한, 예상치 못한 것에서 시작되었다.

"대장금'을 보고 나니, 한국 음식이 먹고 싶어졌을 테고, 배용준을 보니, 그가 있었던 곳을 가고 싶어졌을 테지.'

잠재력이 있던 것들이 월드컵의 열기를 받아 폭발한 것이 아닐까?

그렇다고 대본도 안 나온 '겨울연가'를 찍자고 덤빌 수도, '대장금'을 보라고 땡깡을 부릴 수도 없는 노릇.

건축으로 그 바람을 불러일으킬 방법을 찾는 것이 최우선이었다.

'내가 치밀하지 못했어.'

분하지만, 인정할 수밖에.

'늙은 생강'이라는 말이 딱 어울리는 무서운 노인이었다.

그는 반대를 하지는 않았지만, 그보다 더 어려운 숙제를 던져주었다.

총장이 말했다.

"자네 계획에 대해 구체적인 안을 준비해 오게."

그에게 양볼 가득히 미소를 띠며 말했다.

"그러죠. 으득!"

이 가는 소리가 들렸을까?

들었는지 못 들었는지, 그는 환히 웃으며 말했다.

"기대하지."

"해오면, 아까 제가 드린 제안은 승낙하시는 겁니다."

"약속하지. 내가 만족할 만한 기획안을 가져오면, 내 인맥과 역량을 총동원해서 일 년 안에 제대로 된 학과 하나를 신설하지. 물론 자네 마음에도 들 거야."

나도 질 수야 있나?

총장의 사람으로만 채워놓으면, 그건 내 것이 아니다.

"물론 제가 데려온 사람들도 확실히 자리를 주셔야 하구요."

총장은 대뜸 받아들였다.

"당연하지."

"그럼 먼저 일어서겠습니다."

문을 여는 내게 그가 말했다.

"음식을 팔고 싶으면 말일세. 먼저 코를 자극해야 한다는 것도 잊지 말게나."

"명심하도록 하죠. 총장님."

총장실을 나서는데, 그의 중얼거림이 들렸다.

"왜 나는 그런 생각을 못했지. 그런 좋은 아이템을 말이야. 나도 늙었어."

'늙기는!'

힘이 철철 넘치는 나를 넉다운시켜 놓고는 하는 말이라니.

이거 부끄러워서 얼굴을 들 수가 있나!

"젠장. 내가 일을 만들었네. 만들었어."

지극히 내 기준의 말이겠지만, 탁월한 인간이 아닐 수 없다.

'저런 사람이 사업을 하지 않고, 저 자리에 앉아 있는 것부터가 아이러니야.'

사람이 늙으면 고루해지게 마련인데, 총장은 생각부터가 달랐다. 오히려 그에게 따라잡힐 걱정이 먼저 들 정도이니.

그길로 한 교수 사무실로 향했다.

한 교수는 없겠지만, 내 쉴 자리는 있을 터였다.

사무실에는 내게 또 하나의 숙제를 줄 사람이 조용히 앉아 책을 보고 있었다.

"어. 형 오셨어요?"

내가 들어가자, 민수는 책을 덮고 일어나 인사를 건넸다.

"응. 잘 다녀왔어?"

여름 내내 땡볕에서 일을 했던 모양이다.

살이 쪽 빠진 녀석은 눈썹 아래로만 까만 것이 어딘가의 난민처럼 보였다.

그런 녀석이 나를 보며 환하게 웃고 있었다.

반가운 마음에 녀석을 꼭 껴안았다.

얼마 헤어지지도 않았건만, 그 얼굴이 얼마나 반가운지.

"고생 좀 한 모양이네."

민수의 등을 토닥였다.

"고생은요. 공부하러 간 건데요. 뭘."

이런저런 안부를 묻고는 본론으로 들어갔다.

내가 민수를 현장으로 데려가지 않고, 제 할아버지에게 보낸 것은 목적이 있었으니까.

"최 옹께서는 어떻게 하신대냐?"

내가 민수에게 준 과제는 여름방학 동안 '할아버지 꼬시기'
였다.

민수가 눈을 피하며, 멋쩍은 표정을 지었다.

'결과가 안 좋았구나.'

민수는 거짓말을 할 줄 모르는 녀석이었다.

말로든, 표정으로든.

녀석에게 소파를 가리켰다.

"왜 안 된다고 하시든?"

"연말에 밀린 일이 많으셔서 안 된다고 딱 자르셨어요."

일?

그만큼 좋은 핑계가 어디 있나?

꼭 해야 하는 것은 일을 미루더라도 하는 법이다.

"지금도 바쁘시냐?"

"잠시 댁에서 쉬고 계세요. 그래서 저도 올라온 거구요."

"일단은 지금은 집에 계신다는 말이겠네?"

민수가 고개를 끄덕였다.

"흠. 그렇단 말이지."

민수에게 내색은 하지 않았지만, 상당히 심각한 상황이었다.

'퓨전? 그것도 확실한 베이스가 깔려야 퓨전이 되는 거지.
어중간한 것들끼리 섞어 놓으면, 이 맛도 저 맛도 아닌, 그냥

개밥이 된다고.'

다른 사람도 아닌, 한국 대사관의 주재원들을 대상으로 하는 박람회다.

그들의 눈높이를 만족시키려면 어중간한 것으로는 어림도 없을 것이다.

'나도 알고 너도 아는, 누구나가 알고 있는 것을 누가 새롭다고 하겠어?'

같은 것으로 생각하고 봤는데, 다르게 보인다면 그것은 새롭다고 할 수 있다.

차원이 다르다는 말은 '새롭다'의 다른 해석이다.

그 차원이 다른 사람들이 전통기술자들이고, 그들은 내가 모르는 것을 많이 알고 있을 것이다. 이것은 단지 지식에 국한된 것이 아니다.

'귄터가 말했었지. 전통은 말이나 숫자가 아니라, 손끝으로 전달되는 거라고.'

그들의 손에서 나오는 것이 진정한 전통의 산물이고, 그들은 곧 살아있는 전통과 같았다.

민수가 미안한 표정으로 말했다.

"미안해요. 형. 제가 말을 잘 못해서."

"미안하기는. 너 나름대로 최선을 다했겠지."

진심은 전달되기 마련이지만, 녀석의 집안 내력으로 볼 때, 전달되기까지는 시간이 걸리리라.

"아냐. 난 네가 할아버지와 함께 시간을 보냈다는 것만으로도 충분히 만족한다."

그 말은 사실이었다.

잘 되면 좋고, 안 되면 다시 가면 된다.

일의 끝은 실패가 아니라, 완성이다.

실패라고 칭하는 것들은, 완성되기 전에 손을 놓는 것을 말하는 것 아닐까?

'더군다나 민수에게! 바랄 걸 바래야지.'

"이번 여름에 '스타타워'만 없었으면, 너랑 같이 갔을 텐데, 아쉽네."

민수가 능력을 발휘해야 할 곳은 다른 부분이다.

'이럴 때는 한석이가 보고 싶네. 설레발을 쳐도 시키는 건 무조건 하는 놈이었는데.'

"그래도 할아버지가 안 계시면, 곤란하겠죠?"

"음. 너희 할아버지가 최선책이지."

"안될 것 같으면 민석이 형이라도 불러올까요? 돈 준다고 하면, 잽싸게 뛰어올 텐데."

확실히 그의 손재주는 쓸 만했다.

예전에 아르바이트라며 부석사 무량수전을 만든 것을 보았을 때, 감탄사가 나올 정도였으니까.

"단지 박람회만으로 끝낼 거였다면 그 녀석이라도 가능하겠지. 하지만 이제 더 큰 목적이 생겼거든."

총장에게 했던 학과 개설의 포부를 말했다.

"그걸 위해서라도 너희 할아버지가 필요하고, 나는 그분이 학과의 중추적 인물이 되어주셨으면 한다고."

손재주는 민석이라는 사촌이 이어받았다고 해도, 녀석은 전통 장인들을 휘어잡을 카리스마가 없다. 그걸 위해서라도 최기형 옹은 꼭 필요했다.

민석이 열 명과 한 교수 열 명을 합쳐놔도, 전통 건축 분야에 대해서는 대목장 하나에 못 미친다.

'이걸 해결해야 다음으로 넘어갈 수 있다는 말인데. 어떡하지?'

만약 안 되면?

그때는 다른 비슷한 레벨의 사람을 구해 봐야지. 우리나라에는 대목장이 자그마치 3명이나 있다.

그러나 차선책은 어디까지나 차선책.

"쉽지 않으실 거예요."

"인마! 세상에 쉬운 일이 어딨냐?"

"우리 할아버지 보통 분은 아니시거든요."

"야! 사람 사는 거 다 똑같아. 지성이면 감천이라! 그런 말 몰라?"

'지금까지 민수한테 공들인 게 아까워서라도 그분을 잡아야겠다.'

지금까지 민수를 부려먹은 게, 공들인 거냐고 묻는다면 그렇다고 말해 주겠다.

'내 나름대로 관심의 표현이었다고.'

'양심이라는 게 있기는 하냐?'고 묻는다면, 민수 녀석이 스스로 좋아서 했던 거라고 말해 주지.

녀석에게 눈빛으로 물었다.

'민수야. 그렇지?'

내 눈빛에 민수가 찔끔하며 말했다.

"아뇨. 형. 저 아무 말도 안 했어요."

'젠장!'

답도 없는 고민이 무슨 소용?

소파에서 일어났다.

"생각은 가면서 하고. 일단 일어나자."

"어디 가시게요?"

하늘을 봐야 별을 따고, 연못에 가야 잉어를 잡는다.

부릉부릉.

내 카미가 울부짖는다.

카미, 내 카마로의 애칭이다.

압둘의 카미처럼, 목숨처럼 귀한 친구가 되어 달라는 의미에서 지었다.

'주인. 내가 가야 하는 곳이 어디냐? 부릉부릉.'

내 뜻대로 움직이고, 내가 원하는 곳에 데려다 줄 녀석과 함께 있으니, 마음이 편안해진다.

'애초에 다른 사람을 생각한 적도 없다고요.'

누가 뭐래도 반드시!

대목장 최기형 옹, 그분은 험난함이 예상되는, 내 건축 항로를 헤쳐 나갈 항해사가 되어 주어야 했다.

선장이라고 모든 것을 알까?

한 손이 열 손을 이길까?

최 옹의 대안은 분명히 존재했으나, 어떤 분은 금전 문제로 말년에 좋지 않은 소문이 있었고, 다른 한 분은 일찍 돌아가셨다.

그가 아직은 세상에 큰 명성을 날리지 못했다.

하나 먼 후일 최 옹의 숨은 업적이 드러나 인생이 재조명되었고, 전통을 공부하는 후학들에게 가장 존경하는 인물로 칭송받았으니, 지금의 내게 그보다 더 적합한 항해사는 없었다.

'좀 더 빨리 유명해지면 어때! 윈윈이라고!'

하나 내가 알기로, 그가 먼 훗날 조명을 받게 된 이유는 따로 있었다.

"민수 너네 할아버지, 엄청 깐깐하시다며?"

녀석이 운전대를 잡은 내게 히죽거렸다.

"어떻게 아세요? 아는 사람만 아는데."

"흐흐. 내가 그 아는 사람 중에 하나다."

민수는 자세한 설명 대신 한마디로 축약했다.

"만나 보면 아실 거예요."

그 한 마디로 모든 것이 설명되랴?

"더 말해 봐. 어떤 분이신지?"

만나 보지 못하고, 매체로만 접했기에 설레기 이전에 긴장부터 된다.

'오죽 깐깐했으면, 죽기 직전에야……'

게다가 적을 알아야, 꼬시든 후리든 할 것이 아닌가?

잠시 생각 끝에 민수가 말했다.

"음. 우리 할아버지는 양반스러운 분이세요."

우리는 '점잖고 예의바른 사람'을 양반이라고 호칭한다.

살짝 기대감이 생겼다.

"그리 무서운 분은 아닌가 보구나."

"네. 무섭지는 않아요."

이 나이에 무섭다는 말이 어울리지는 않지만, '나쁜 사람, 혹은 말이 안 통하는 사람은 아니구나' 하는 말을 돌려 말했을 뿐이다.

친구의 존장에게 '네 할아버지, 꼰대시냐?'라고 물을 수는 없지 않을까?

❦

마을에서도 한참 더 들어가니, 고택이 보였다.

너른 공터에 카미를 세우고 그곳으로 향했다.

"여기냐? 할아버지 댁이?"

고택을 바라보며, 심호흡을 했다.

민수가 물었다.

"들어가기 싫으시죠?"

사실은 그랬다. 이 집은 양동마을은 물론이고, 하회마을에 있는 여느 고택들과는 또 다른 분위기를 풍겼다.

'딱히 위압감을 주는 것도 아니라고.'

지금 내 앞을 가로막는 것은 내 어깨 높이의 흙담이었다.

담벼락 위에는 세월의 흔적이 묻어나는 기와들이 줄지어 서 있고 말이다.

"야아. 못해도 50년은 넘은 것 같은데?"

"저도 몰라요. 제가 어릴 때도 이랬으니까요."

민수도 감상에 젖는 모양이었다.

"그때는 이 담벼락이 그렇게 높아보였는데."

"그래서 그렇게 높아 보이나 보다."

뜻 모를 소리를 들었다는 듯, 민수가 반문했다.

"뭐가요?"

"이 담벼락. 반백년이 넘는 세월 동안 한 자리를 지켰으니."

요즘처럼 집을 허물고 짓는 게 일상인 시절에 이 정도면 주택계의 거목이라 할 만하지 않은가?

"국세로 관리하는 집도 아닐 텐데 말이야."

"할아버지가 직접 관리하시니까요."

"손때가 묻어난다는 건 이런 거겠지?"

"그런 게 보이세요?"

녀석은 피식 웃었지만, 나만큼의 감흥은 없어 보였다.

그렇게 담벼락을 따라가며 집 주변을 살폈다.

집의 외부를 둘러본다는 의미도 있었지만, 들어가기 망설여지는 이 집을 어떻게 공략할 것인가에 대한 탐색의 의미도 겸했다.

'허점이 보인다면, 공략할 구멍도 보이리라.'

스물 중반의 건강한 눈과 마흔 중반의 눈썰미로 약점을 스캔했다. 그러나 쥐가 파먹은 흔적조차도 없었다.

"어깨도 못 미치는 이 담이 공간을 나누네."

담은 공적 공간과 사적 공간의 심리적 경계였다.

사람 키보다 큰 담, 곳곳에 CCTV가 달린 최첨단 주택들보다도 더 엄하게 경계를 긋고 있었다.

기와를 쓰다듬으며 중얼거렸다.

"훌쩍 뛰어넘으려고 한다면 한순간이겠지만."

"넘어가면 도둑이 되는 거죠."

민수의 농담에 고개를 끄덕였다.

말없는 흙담이 자신을 어필하고 있었다.

'나처럼 멋있는 담벼락 봤어? 난 장식이 아니라, 이 집에 반드시 필요한 존재라고.'

안이 다 보이니, 사생활이 침해당하지 않느냐고?

'직접 보지 않으니, 하는 말이겠지.'

담 안에 심어진 대나무들이 외부의 시선을 딱 필요한 만큼 차단하고 있었다. 무언가 움직이는 윤곽은 보이지만, 정확히 뭘 하는지 파악할 수는 없다.

'보고도 알 수 없으니, 못 본 거랑 뭐가 다른가?'

또한 운치와 실용성, 그 둘을 한꺼번에 잡았으니 지혜롭지 아니한가?

폐쇄적이지 않으면서, 마냥 개방적이지도 않다.

그 광경이 내 입에서 감탄사를 자아낸다.

"허. 묘하네."

이 느낌을 나는 이렇게 표현하고 싶었다.

'과하지도 덜하지도 않은 적당함.'

어중간해 보이는 담벼락과 대나무의 콜라보레이션이었다.

지금 내가 아는, 우리 건축과는 확연히 구별된다.

"그런가요? 전 그걸 느끼는 형이 더 묘한데요?"

익숙함이란 무감각의 다른 표현.

하지만 내게는 새로움이었다.

"넌 무덤덤해졌을 테니까."

항상 곁에 있으면 그렇다.

공기의 소중함을 모르고, 언젠가는 돌아가실 부모의 귀중함을 모르듯이.

이런 것이 하나둘 사라져간다.

전통 살리기 운동은 여전히 계속되고 있다.

그러나 소수 약자들의 피 끓는 목소리는 짤랑거리는 동전 소리에 묻혀버린다.

'세상이 다 그렇지.'

돈 있는 자들의 관심은 돈에만 있다.

내가 할 일은 '전통? 그게 다 돈 덩어리다'라는 것을 그들에게 확인시키는 것이다.

그 뒤는 욕심쟁이들이 알아서 전통의 가치를 캐내게 될 것이다.

"형은 이 집이 마음에 드시나 봐요?"

"음…… 표현하기 애매하다."

이게 한국의 문화적 산물이라면, 다른 나라 사람을 어떻게 받아들일까?

그것도 프라이버시에 대한 개념이 강한 서양인이라면.

'이걸 퓨전으로 어떻게 요리할 수 있을까?'

내가 알던 전통 건축이란, 대학생일 때, 몇 번의 답사, 그리고 TV에서 본 지식이 전부였다. 생동감 없이 바라보던 그것들이 내 눈앞에 실재하니, 그 느낌이 남다를 수밖에 없었다.

'나는 그저 막연하게 아는 미래에 인생을 걸었던 건가?'

민수의 말이 내 귀를 스쳐 지나간다.

"집주인을 보시면 애매함이 사라질 거예요."

돌다 보니, 어느새 솟을대문 앞에 서 있었다.

대문 좌우로 작은 행랑채가 하나씩 있고, 행랑채부터 시작된 흙담은 반대편에서 끝이 났다. 문지방을 넘어서기도 전에 이 집 주인이 어떤 성격일지를 알 수 있었다.

50살이 넘은 흙담을, 손볼 곳을 찾기 어려울 정도로 꼼꼼하게 관리하는 사람이 이집의 주인이었다.

'이 문턱을 넘어서면, 대목장 최 옹의 영역이다.'

하나 다 와서 문지방을 못 넘어서야, 어디 시도는 해 봤다고 말이라도 할 수 있으랴?

잉어를 낚으러 왔다가, 호랑이에게 물리게 생겼지만, 일단 들어가고 볼일이다.

민수에게 말했다.

"들어가자."

내게 하는 다짐이기도 했다.

들어갈 때는 빈손이지만, 나설 때도 그렇지는 않으리라.

문턱을 넘어서는데, 작은 비석 하나가 보였다.

그리고 거기에는 이런 글이 음각되어 있었다.

身體髮膚 受之父母

(신체발부 수지부모)

不敢毁傷 孝之始也

(불감훼상 효지시야)

立身行道 揚名於後世

(입신행도 양명어후세)

以顯父母 孝之終也

(이현부모 효지종야)

몸과 터럭과 살갗은 부모에게서 받은 것이니,

이를 훼손하지 않는 것이 효의 시작이니라.

조선 고종 때, 단발령에 항거하여 유학자들이 반박하며 했

던 말이다.

"'효경(孝敬)'의 한 구절이래요."

민수의 말에 고개를 끄덕였다.

"그러네."

양반스럽다는 말이 농담이 아니었네.

집 안에도 이런 게 서 있다니.

지금 나는 대목장 앞에서 무릎을 꿇고 있다.

다른 장소였다면 위화감을 느끼거나, 자존심이 상했을 것

이다.

하나 지금은 미동조차 하지 않고, 대목장의 말씀을 귀로

경청하며, 눈으로는 방의 구석구석을 훑었다.

'대목장 뒤에는 8폭 병풍, 앞에는 경상(經床), 좌측에는 서가가 있었고, 맞은편에는……'

굉장히 오래된 농(籠)이 있었다.

보통은 '장롱'이라 하면 수납가구를 통칭하지만, 엄밀히 말해, 장(欌)과 농(籠)은 구분된다.

밖에서 볼 때도 이런 느낌일 거라고 생각했지만.

'나 원, 살면서 이런 집에 와 볼 거라고는 생각도 못해 봤다고.'

지금 나는 방석을 깔고 앉아 있었다.

그리고 그 아래 바닥은 한지로 마감되어 있었다.

'장판도 마루도 아닌 한지란 말이야. 그리고 이 아래는 보나 안 보나 구들장이겠네.'

이런 집에서 기름보일러를 쓴다는 것 자체가 얼마나 어울리지 않는 조합인가?

오면서 봐도, 그런 기계가 있는 듯 한 느낌은 없었다.

사극의 한 장면 같지 않은가?

'타임머신을 타고 조선시대로 간다면 딱 이런 느낌일 거야.'

민수도 내 반응이 재미있는지 대목장의 말씀 중간 중간에 나를 훔쳐보고 있었다.

조선시대와 다른 점이 있다면 내 앞의 대목장이 양반다리를 하고 하얀 베옷을 입었으나 상투를 틀고 있지 않다는 것 정도이리라. 그 상투 틀지 않은 것이 더 어색했지만, 어쩔 수 없었으리라.

대목장은 반짝 대머리였으니까.

'허허허. 이것 참.'

겉으로는 진지하게 경청하지만, 속으로는 헛웃음 밖에 나오지 않았다.

'나 참. 살다 살다.'

'지금은 2000년이다.'라는 사실은 머리에서 되뇌기는 처음이었다.

왜 이런 자세를 하고 있냐고?

민수 녀석이 말했었거든.

"형. 들어가자마자 큰절부터 해야 해요."

"엥? 큰절?"

여기가 청학동도 아니고, 무슨 큰절을 한다는 말이야?

"그게 이 집의 예법이에요."

"그래. 할아버지께서 양반스럽다고 했으니, 그럴 수도 있겠지."

원하는 것을 얻기 위해서라면 큰절이 대수랴?

"네가 먼저 앞장서라. 네가 하는 대로 따라 할 테니 말이야."

"네. 알았어요."

안채가 보일 때 쯤, 민수가 말했다.

"잠시 무릎을 꿇고 있을 수 있는데, 다리가 저려도 좀 참으세요."

"녀석. 대체 날 뭐로 보고!"

호탕하게 말하는 나를 보며 녀석은 피식 웃기만 했었다.

지금은 손이 근질거려 죽을 것 같았다.

'얼른 코에다 침 발라야 하는데…….'

민수가 곁눈질로 말했다.

'바쁘신 분이니까, 오래 계시지는 않을 거예요.'

'괜찮아. 이 정도는.'

억지 미소를 지으며, 녀석을 안심시켰다.

발가락 끝에 피가 통하지 않아서 간질간질하다.

내 눈이 농을 향한 것을 본 최 옹이 물었다.

"성훈 군. 자네는 저게 뭔지 알겠나?"

"여닫이 농이 아닙니까?"

"여닫이 장이 아니고?"

'흐음. 나를 시험하려 하시는 건가?'

속으로 코웃음 치며 그의 질문에 답했다.

"장과 농은 그 형태에 따라서 구분됩니다."

"흠. 그렇지."

고개를 끄덕이며 맞다고는 하지만, 만족스러운 눈빛은 아니었다.

'일단 전통에 관심이 많다고 어필을 하면 대목장에게 점수를 좀 딸 수 있지 않을까?'

농에 관련된 약간의 지식을 늘어놓았다.

"'임원경제지(林園經濟志)'에 농에 관련된 기록이 있더군요."

"호오. 젊은 친구가 꽤나 관심이 많은 모양이구만. 그래서?"

최 옹이 드디어 내게 흥미를 보였다.

그가 보기에는 내가 신기했을 수도 있으리라.

전통 가구를 전공, 계승한 사람이 아님에도 그런 지식을 갖고 있었으니 말이다.

'세월이 조금만 지나면, 인터넷으로 모든 걸 찾을 수 있다고요.'

하지만 지금은 책과 경험이 아니면 알기 어려웠고, 그 책 또한 구하기 어렵기는 매한가지였다.

최 옹에게 설명을 이었다.

"농은 원래 죽기(대나무 그릇)를 의미하는 것인데 목조·고리 버들을 써서 사용하는 것도 역시 농이라 이르니, 이는 그 이름을 차용한 것이라 했습니다."

그리고 그 이후의 이어지는 말을 더해 알고 있는 설명을 마쳤다.

이번에는 만족한 눈빛이었다.

최 옹이 말했다.

"젊은 친구라서 별 기대를 하지 않았는데, 생각보다는 재기가 있구먼. 저 여닫이 농은 30년 전에 작고하신 소목장 박주욱 옹께서 젊으실 때 만든 농이라네."

확실히 그 정도는 나이가 있어 보이는 농이었다.

'작고하신 소목장이 젊을 때?'

"그렇다면 최소 50년이 넘은 거네요?"

"그런 셈이지. 내 스승님이 돌아가신 지, 어언 50주기 되어 가니 말일세."

오래된 집에 오래된 가구, 그것에 어울리는 오래된 사람이었다. 최기형 옹은 말이다.

'세련된 양복을 입고 있었다면 더 어울리지 않았겠지.'

내 생각을 모르는지, 그의 자랑이 이어졌다.

"그분은 저 농을 스승님께 우정의 증표로 선물하셨지. 왜 그런지 아는가?"

"왜요?"

"내 스승님의 인품에 감복하셨던 게지."

어떤 인품인지 자세한 언급은 하지 않았지만, 그의 음성에는 스승에 대한 존경과 자부심이 어려 있었다.

사실, 내 관심사는 농이 아니었다.

농 위에 놓은 것들 중, 작은 백자 항아리가 있었다. 조각조각 깨진 것을 붙여 놓은 듯, 하얀 몸통에 금이 쫙쫙 가 있었다.

'뭔가 어울리지 않잖아.'

항아리의 나이는 농과 비슷하리라.

완벽하게 조선시대를 재현하는 이 방안에서 그 깨진 항아리만이 다른 뭔가를 말하고 있었다.

'저 볼품없는 항아리가 수천만 원대의 가치를 가지는 것도

아닐 것이고, 뭔가 용도가 있는 것도 아닌 것 같은데. 저게
말하는 바가 뭘까?'

이 집안에서 필요 없는 것은 없었다.

병풍?

그저 장식의 용도로만 보이는가?

'저건 외풍이 불 때, 바람을 막는 용도라고.'

현대 가옥에서는 필요 없는 물건으로 장식적인 용도로만
사용되었지만, 이곳에서는 그 자리를 차지할 당당한 이유가
있었다.

병풍마저도 그럴진대, 다른 것은 말할 필요도 없지.

'그런데 아무 쓸모없어 보이는 깨진 항아리라.'

보수를 하려고 하면 할 수 있었을 것이며, 다른 항아리를
가져와 장식할 수도 있었을 거야.

하지만 주인에 의해 내쳐지지 아니하고, 당당하게 저 자리
를 차지하고 있었다.

'깨지지만 않았더라면, 자연스럽게 자리에 어울렸을 거야.'

이야기하는 사이에 다탁이 들어왔다.

"감사합니다. 큰어머니."

민수가 일어나 다탁을 건네받았다.

다탁을 내온 이는 최 옹의 맏며느리였다.

먼저 최 옹에게 인사하고, 내게도 인사를 건넸다.

선이 곱고, 후덕한 얼굴에 자연스러운 웃음이 대목장의 맏

며느리로는 더없이 잘 어울렸다.

"민수 친구인가 보군요. 밥 준비하고 있으니까, 이따가 식사 들고 가요."

"네, 감사합니다."

그녀에게 인사를 하며 자세를 바꾸려는 순간, 발끝이 찌르르 울렸다.

"으윽."

나도 모르게 미간을 찌푸렸다.

그럴 줄 알았다는 듯, 그녀가 최 옹 모르게 미소를 지으며 물러났다.

그 소리를 들었는지, 대목장이 물었다.

"어흠. 자네는 그 자세가 편치 않은 모양이로군."

'당연하죠. 이 영감님아.'

글로벌 월드가 유행하는 이 판국에 좌식 생활이 웬 말이란 말인가?

'박람회만 아니었다면, 벌써 뛰쳐나갔을 거야.'

답답한 내가 우물을 파야 하니, 상황에 맞추고 있을 뿐.

그래서 솔직하게 말했다.

"오랫동안 해 보지 않은 자세라 불편한 건 사실입니다."

옆에 있던 민수의 안색이 급변했다.

눈짓으로 나를 말렸다.

'형. 그렇게 말씀하시면 안 되죠? 역정이라도 내시면…….'

'왜? 왜 안 되는데?'

그도 나를 시험했는데, 나도 최 옹을 시험해 봐야 하지 않겠어?

그는 내게 소문만으로도 대단한 인물이었다. 그리고 만약 함께 일하게 된다고 치자. 아니, 어쩌면 평생을 함께해야 할지도 모른다. 그저 필요하기 때문에 고개를 숙인다는 것은 나와는 어울리지 않았다.

'선장이 항해사의 눈치를 보며 지휘를 할 수는 없는 법.'

내 배의 예비 항해사가 어떤 사람인지 정도는 파악해 봐야지. 만약 나와 함께 하기 어려운 부류라면, 그에 걸맞은 중간 전달자가 필요할 것이다.

'가장 좋은 것은 서로 영혼을 교감하는 거겠지만, 내 성질을 죽여 가면서까지 그러고 싶은 마음은 일체 없다고.'

'오히려 다루기 쉬운 사람이었으면 좋겠어.'

돈, 명성, 그런 것들 말이다.

하지만 이것저것 다 필요 없이 진심으로 다가가야 한다면, 그것은 더 어려울 수 있었다.

그렇게 최 옹의 영역에 한 발을 슬쩍 들이밀었다.

민수, 네 걱정이 뭔지는 알아.

'뭐 어때? 아니다 싶으면 뒤로 물러나면 되지.'

이런 사소한 것에 일일이 반응하는 사람이라면 오히려 대하기 쉽다. 일희일비하는 사람은 항상 희희낙락하게 해 주면 된다. 기분을 맞춰 주면 되는 것보다 편한 사람이 어디에 있는가?

조종법을 알면 조종할 수 있다. 가장 힘든 것은 직진밖에 모르는 사람이다. 그게 맞다고 생각해서 돌진하는 사람. 그런 사람은 인생의 항로가 이미 정해져 있기에 타인의 간섭으로 그 자신의 방향을 바꾸지 않는다.

'그냥 내가 원하는 대로만 배가 움직여도 난 만족한다고.'

민수 생각처럼 마냥 한쪽이 숙여서는 그 이상의 관계가 되기 어렵지 않을까?

분명히 민수도 말했었다.

양반스럽기는 하지만, 무서운 분은 아니라고 말이다.

민수가 알고 있는 최 옹에게 희망을 걸었다.

"그럼 그렇다고 진작 말을 할 것이지. 편히 앉게나."

"네? 정말이세요? 할아버지!"

나보다 민수가 더 놀란 모양이었다.

하지만 나는 민수처럼 반문할 여유조차 없었다.

전기가 통하는 다리를 펴기 바빴으니까.

"으ㄱㄱㄱ."

다리를 주무르며, 혈액 순환을 도왔다.

"형. 좀 도와줄까요?"

민수가 내 허벅지를 슬쩍 건드렸다.

"윽. 민수야. 살살. 살살. 전기 온다고."

근엄한 대목장 앞에서 오두방정을 떨며, 호들갑을 떨었다.

"이럴 때는 그냥 가만히 놔두던가, 확실히 주물러버리는 게 나아요."

우악스럽게 주무르는 녀석의 손길에 온 다리가 부들부들 경련을 일으킨다.

"아그그그. 이 녀석이."

지긋이 나를 보는 최 옹에게 물었다.

"왜 이런 좌식 생활을 고수하시는 겁니까?"

장인정신 때문에 이런 생활을 고집하는 것인가?

'그렇다면 당신의 장인정신을 존경해 주지.'

최 옹에게 도전적인 눈빛을 보냈다.

내 말에 그가 입꼬리를 슬쩍 올렸다.

묘한 웃음이었다.

"이런 생활이란 어떤 생활인가? 불편함을 말하는 것인가?"

"네. 정확하십니다."

나도 모르게 약간 심통이 나있었던 모양이다.

최 옹의 태도가 내 예상을 벗어난 것도 있으려니와, 괜히 고생을 사서했다는 억울함도 있었기 때문이 아닐까?

자연스럽게 투정 섞인 말투로 말하고 있었다.

"그 이유는 말일세."

그가 입을 열었다.

"내가 이런 걸 좋아하기 때문이지."

"네?"

"이해하지 못할 수도 있겠지. 이런 불편한 삶이 뭐가 좋으냐고."

사실이 그랬으니, 뭐라고 할 말이 없었다.

그런 나를 보며 최 옹이 웃었다.

"내가 이렇게 말하면 사람들이 뭐라고 하는지 아나?"

대답을 원하는 것은 아니리라.

"가식적이라고 한다네."

그 말을 곧이곧대로 믿지 않는다는 것을, 그 또한 알고 있었다.

"그래서 강요하지 않는다네. 내가 이 생활을 오래 하다 보니 그것이 좋아졌든지, 이런 것이 좋아서 이 생활을 고집하는 것이든, 결과는 마찬가지이니. 나 또한 따지지 않은 지 오래되었지."

나를 보며 말을 이었다.

"불편이라고 말했나?"

"나도 그런 자세가 불편하다는 건 안다네."

"그럼 왜 하지 말라고 하지 않으시는 겁니까?"

최 옹은 입술을 내밀며 말했다.

"나처럼 좋아서 하는 줄 알았지."

슬며시 삐져나오는 장난기 어린 미소는 분명히 알고 있었다는 의미였다.

'남들이 괴로운 걸 좋아하는 마조히스트인지도 몰라.'

골탕 먹이기를 좋아하는 악동처럼 말이다.

최 옹이 말했다.

"내 삶에서 강요는 한 번으로 끝났다."

"그게 무슨……."

"내 작은아들 녀석이 집을 뛰쳐나갔을 때, 이미 누군가에게 강요하는 마음을 접었다는 말일세."

작은아들이라면, 민수 아버지?

민수를 쳐다보자 녀석이 멋쩍게 웃었다.

'저번에 말씀드렸잖아요. 할아버지랑 사이 안 좋으시다고.'

그가 왜 집을 뛰쳐나왔는지는 민수에게 얼핏 들었었다.

"그런데 왜 아직도 이런?"

이런 방식을 남에게 요구하는 건가?

편하게 있으라고 배려해 줄 수는 없는 건가?

대머리 노인이 코웃음 쳤다.

"어린 녀석들을 비위까지 맞춰가며 살아줄 용의는 없다네. 하기 싫으면 안 오면 그만이지. 녀석들이 그런 것을 좋아한다고 해서, 나까지 장단 맞추고 싶은 마음은 추호도 없다네."

절이 싫으면 중이 떠나면 되는 거지.

왜 나보고 바꾸라는 것이냐는 말이렷다.

말은 되는 소리였다.

제 집에서 큰소리치는데, 누가 뭐라고 하랴?

뭔가 안 맞는 말이기는 한데…….

'저 말이 꾸중이라기보다는 체념으로 들리는 건 내 기분 탓일까?'

"성훈 군. 그러나 말일세."

끝나지 않은 그의 말을 경청했다.

"그렇게 앉아 있다 보면 보이는 게 있다네."

"뭐가 말입니까?"

"평소에 안 보이던 것들을 볼 수 있지 않겠나?"

"예를 들자면요?"

"사람마다 살아온 세월이 다르고, 보는 관점 또한 천차만별이니, 내가 뭐라고 그걸 가르칠 수 있을까?"

'질문을 던져놓고는 선문답을 하십니까? 날더러 답을 찾아보라는 말인가?'

어쩌면 나만의 답을 찾으라는 것일지도 모른다.

'어쩌면 심술궂은 늙은이의 말을 내가 너무 깊이 생각하는 건지도 모르지.'

그 말의 의미를 생각하느라 말이 끊어진 사이, 민수 큰아버지가 말했다.

"아버지, 나주 박씨 아저씨께서 아까 오셔서 기다리고 계십니다."

"아, 잊었구만. 알겠네. 내 금방 일어남세."

그리고 민수에게로 고개를 돌렸다.

"민수야."

그의 부름에 민수가 머리를 조아렸다.

"네, 할아버지."

"천직이라는 건 말이다. 사람이 정하는 것이 아니다."

가만히 들으며 그 의미를 되새겼다.

천직(天職), 그 자체가 인간의 의지와는 상관이 없는 말이었다.

"무당들이 귀신에게 휘둘리는 그 일을 하고 싶어서 하는 줄 아느냐? 휴, 어쩔 수 없이 하는 게지. 귀신을 받아들이지 않으면 살 수가 없기 때문에, 살기 위해서 하는 것이다."

'지금 이 말을 하는 이유가 무엇일까?'

최 옹은 한숨 섞인 어조로 말을 이었다.

"네 녀석 아비가 집을 뛰쳐나간 뒤에야 천직이 뜻하는 바가 무엇인지를 깨달았다."

민수는 아는 바가 있는지 고개를 끄덕이고 있다.

"그래서 그 뒤로는 나는 강요라는 것을 해본 적이 없다. 평양 감사도 저 싫으면 못하는 게지."

크게 숨을 들이쉬고는 내게 말했다.

"성훈 군, 며늘아기가 식사를 준비한다 했으니, 쉬다가 같이 한술 뜨고 가게."

"네, 감사합니다."

"빈손으로 갈 텐데, 밥 한 끼라도 먹여 보내야 야박하다 욕은 안 할 거 아닌가?"

내 방문 목적은 이미 알고 있는 듯, 그가 씁쓸한 눈빛으로 돌아섰다.

민수와 함께 일어나 그의 걸음을 배웅했다.

'걱정 마십시오. 허락받을 때까지는 전혀 물러갈 생각이 없으니 말입니다.'

민수도 생각 중인지 잠시 말이 없었다.

누가 하란다고 해서 억지로 한다면, 과연 그것이 자신의 일이라 말할 수 있겠는가?

높은 연봉? 좋은 조건?

이것들은 나를 비롯한 우리 세대가 직업을 택하는 우선순위였다.

돈을 위해 판검사가 되기를 원하고, 좋은 직장을 위해 대기업에 취직하기를 바란다. 직장을 구하는 것이지, 자신의 업(業)을 구하는 것과는 거리가 멀다.

물론 천직과는 의미가 천지차이이리라.

'쳇!'

그는 무릎 꿇기를 강요하지 않았다고 했지만, 이런 장소에서 이런 분위기에서 과연 그렇게 하지 않을 사람이 얼마나 될까?

만약에 무례한 사람이 있으면 어떻게 하냐고?

그걸 말이라고 하나?

'멍석말이를 해서 몽둥이찜질을 해도 왠지 그림이 될 것

같은 분위기인데?'

나 혼자 생각하고도 피식 웃음이 나온다.

"형, 뭐가 그리 웃음이 나오세요?"

"아냐. 그냥 실없는 생각을 해봤거든."

"할아버지가 요즘 기력이 많이 쇠하셨나 봐요. 전 같으면 어디서 말대꾸냐고 호통을 치셨을 텐데."

"그러냐? 너네 할아버지 참 독특하시다."

민수가 고개를 까닥이며 말을 받았다.

"그런가? 좀 별나기는 하시죠."

"아직 밥때도 멀었는데, 집 좀 둘러볼까?"

"네, 제가 안내해 드릴게요."

민수가 안내하면서 말했다.

"정지로 가보실래요?"

"정지?"

"아, 부엌이요. 부엌. 이 동네에선 그렇게 불러요."

"나도 알아. 할머니가 많이 사용하신 말이거든."

내 말을 잡고 이끌며 말을 이었다.

"이 집의 실질적 권력자는 큰어머니시거든요. 잘 보여서 나쁠 것 없어요."

"그래?"

민수 말처럼 그녀가 정말 권력자라면, 그녀에게 비벼보는 것도 하나의 방법이리라.

일말의 기대를 걸고 부엌으로 향했다.

그녀는 가마솥에 밥을 짓고 있었다.

"민수니? 오랜만이네."

"헤헤, 명절 때 말고 큰집에 오는 건 거의 처음인 것 같네요."

"아직 아빠 따라다닐 나이는 아니잖니."

"이제 종종 들를게요."

"어이구, 그래. 민수 다 컸네."

민수의 엉덩이를 툭툭 치며 장난을 치는데, 큰아버지의 목소리가 들렸다.

"민수야, 이리 좀 와보렴."

"큰아버지가 부르시네요. 형, 잠시만 이야기하고 계세요. 금방 다녀올게요."

민수가 사라지자, 그녀는 이빨 빠진 그릇을 한쪽으로 치우며 민망한 듯 웃었다.

"살림살이가 말이 아니죠?"

"제가 뭘 아나요? 민수 대하듯 편하게 대해 주세요."

"손님한테 부끄러운 모습을 보여서 어떡한대?"

하지만 내가 보기에도 넉넉한 살림은 아니었다.

'그래도 대목장이면 꽤나 잘살지 않을까 생각했는데.'

그녀의 잘못은 아니리라. 사치를 모르는 여인 같은데, 이 여자의 탓일 리가 없지 않은가?

그녀가 걸친 장신구라고는 은가락지 하나였다.

'신사임당이냐?'

하나 그것은 겉모습일 뿐.

'무데뽀로 순하기만 한 여인이었다면, 민수에게서 권력자라는 말이 안 나왔을 거야.'

그 말은 그녀의 진가는 따로 있다는 말이리라.

그녀에게 물었다.

"요즘 대목장 일이 그렇게 어려우세요?"

"말해 뭐하겠어? 대목장이라는 게 높은 자리처럼 보여도, 돌봐야 할 사람이 많잖니."

들어오는 돈보다 나가는 돈이 많다는 말이리라.

"아버님께서 그게 맘 편하다시니, 어쩔 수 없는 노릇이지."

그녀가 작게 푸념했다.

"우리만 그런 것도 아니고, 아까 박씨 아저씨도 힘들어서 오신 것 같던데."

"문제가 뭔데요?"

"대를 이을 사람이 없다는 거겠지. 있는 사람도 나가는 판국에 말이야. 들어올 사람이 있겠어?"

"음, 그런 얘기가 오갔었구나."

"늘상 있는 말이니까, 신경 쓰지 말아요."

모르는 척하면서도 집안에 일어나는 일을 다 알고 있는 여인이었다.

"큰어머님, 부엌의 식기들 바꾸고 싶지 않으세요?"

내 말에 귀가 쫑긋해졌다.

"마음이야 굴뚝같지만."

그녀의 귀에 대고 소곤거렸다.

"큰어머님, 이따가 밥 먹을 때요."

민수와 큰어머니가 밥상을 통째로 들고 왔다.

"아버님, 진지 드셔요."

"그러자꾸나. 너도 게 앉거라. 수고했다."

최 옹이 숟가락 들기를 기다려, 식사가 시작되었다.

그녀가 최 옹에게 물었다.

"아버님, 아까 박씨 어르신께 차를 드리러 갔었는데, 분위기가 어두우시더라고요. 무슨 일 있으셨어요?"

"별일 아니니, 신경 쓰지 말거라."

하지만 익숙한 일인 듯, 그녀는 재차 걱정스레 물었다.

"그런 것치고는 너무 분위기가 무겁더라고요."

그녀의 말을 기다리기라도 한 듯, 최 옹이 말을 꺼낸다.

"요즘 세상이 어떻게 돌아가려는지 모르겠구나."

"왜요? 무슨 말씀을 나누셨는데요?"

그녀는 대충 알고 있음에도 전혀 모르는 듯 너스레를 떨며, 시아버지를 재촉했다.

맏며느리라 진중한 줄만 알았는데, 살짝 애교까지 곁들여

가며 시아버지를 쥐락펴락한다.

민수에게 곁눈질로 말했다.

'니네 큰어머니 대단하시다.'

민수도 실눈으로 웃으며 대답했다.

'아까 말씀드렸잖아요. 실질적 권력자라고. 할아버지가 딴 사람은 몰라도, 큰어머니한테는 안 돼요.'

아까 나와의 약속이 있었지만, 그녀에게는 어려운 일이 아닌 듯했다.

그녀는 시아버지와의 대화를 주도하지 않으면서, 그가 하고 싶어 하는 말을 자연스럽게 끄집어냈다.

'와! 이런 여자가 있었구나.'

자리의 주인은 아니되, 안주인의 역할을 톡톡히 하고 있었다.

그녀가 말했다.

"아까 차 시중 들고 나오다가 얼핏 들었는데, 그분 제자가 또 한 분 그만두셨다면서요."

"그러게 말이다. 요즘은 뭐든지 돈으로 환산이 되더구나."

"그게 무슨 말씀이세요?"

"돈이 된다고 하면, 뭐가 중요한지 생각도 않고 당장 돈 되는 일부터 하려 한다는 말이다."

그건 당연한 말 아닌가?

생활보다는 생존이 우선시되는 시대가 아니던가?

치열한 경쟁사회.

젊은 세대에 대한 말이라서 그런지, 최 옹의 눈이 우리에게로 향했다.

"너희도 잘 새겨들어라."

"네, 말씀하십시오. 어르신."

"나주 박가가 하소연할 곳이 없어서 왔더라. 하나뿐인 제자 놈이 그 일을 안 하겠단다."

그 자신의 의지이니, 누가 뭐라 하겠는가?

"그 녀석이 무슨 일을 한다고 자개장 만드는 일을 그만둔다고 했는지 아느냐?"

최 옹은 생각할수록 분통이 터지는지, 결국은 숟가락을 놓았다.

"그놈 하는 말이, 구청에서 쓰레기 치우는 일을 하겠단다."

'그게 어때서요?'

말이 목구멍으로 넘어오려 했지만, 그가 하고자 하는 말이 그것이 아니란 것을 알기에 삼켰다.

최 옹의 말이 이어졌다.

"직업의 귀천이 어디에 있겠느냐? 다 먹고 살자고 하는 일인데. 또한 그 일이라고 쉽겠느냐? 남이 하기 싫은 일이니 쉬울 리가 없지."

이야기를 듣다 못 한 민수가 끼어들었다.

"제자가 한 분이면 맥이 끊어지는 거잖아요?"

"그러게, 박가가 '그래도 맥은 이어야 하지 않느냐?'고 만류를 하니 그놈이 뭐라고 말했는지 아느냐?"

사정이 오죽했으면 스승의 가슴에 난도질을 하고 그 일을 택했겠는가?

"자부심이고 나발이고. 애새끼는 먹여야 되지 않겠냐고 울면서 하소연을 하더란다. 용서해 달라고 말이다."

최 옹의 목소리도 메여왔다.

"제 놈이 판검사를 하고, 사장이 되겠다고 했으면 빌어먹을 놈이라고 욕이라도 할 텐데. 박가가 할 말이 없더란다."

"결국 이십 년이 넘도록 자개장 만드는 걸 배운 놈이 지금 길거리를 쓸고 있다. 며칠 전에 만났더니 하는 말이, 그래도 그게 마음 편하단다. 애새끼 굶길 걱정은 안 한다고."

최 옹은 억장이 무너지는지, 가슴을 치며 답답함을 토로하고 있었다.

저 노인이 환경미화원을 비하하는 것은 아닐 것이다.

그가 억장이 무너지는 것은 사람들의 인식 속에서 전통 장인이 쓰레기 청소부보다 더 못한 취급을 받고 있다는 사실이리라.

최 옹이 말했다.

"아무래도 이 일도 내 대에서 끝나고 싶다. 큰애비 너도 하고 싶으면 하고, 내 눈치 보지 말고, 너 하고 싶은 일을 찾아라."

하지만 내 생각은 달랐다.

'이게 얼마나 돈이 되는 건데, 여기서 접으려고.'

수십, 수백 년을 내려와 세월의 깊이가 쌓여서 이제 돈이 되려고 하는데 접으면 나만 손해다.

그에게 물었다.

"어르신, 정말 이 일을 접으실 생각이십니까?"

"그럼! 이을 놈이 없는데, 무슨 수가 있을까?"

속이 상해서 하는 말일 것이다.

좋아서 하는 일은 놓을 방법이 없다.

'왜냐하면, 그건 천직이니까.'

최 옹에게 말했다.

"제게 방법이 있습니다."

민수가 급히 눈짓을 한다.

'형, 혹시 돈으로 도움을 주시려고요? 할아버지 자존심 건드렸다가는 오히려 역효과예요.'

민수를 보며, 확신의 미소를 지어주었다.

칼로 올라간 자리는 칼 앞에 부서지고, 돈으로 쌓은 성은 돈 앞에서 무너진다.

최 옹의 눈이 내게로 향했다.

"민수야, 일은 사람이 하는 거거든."

60장
3학년 2학기(2)

최 옹이 나를 물끄러미 바라본다.

"그래, 말 잘했다. 일은 사람이 하는 거지."

그가 매섭게 말을 이었다.

"어떤 방법이 있느냐? 나는 내 마음에 드는 제자를 찾기 위해 팔도강산을 쫓아다녔다. 내 뒤를 이을 만한 자가 있으면 삼고초려를 마다하지 않았고, 내 뒤가 아니다손 치더라도, 다른 기술을 이을 녀석을 만나면 그 또한 이어주기 위해 노력을 마다하지 않았다. 물론 내가 좋아서 한 짓이다. 내가 좋아 사서 고생을 했으니, 누구를 원망할 일이 아니지. 한데 이것이 뭐냐?"

작금의 현실이 뭐냐는 말이다.

하늘이 무심하지 않다면, 그의 노력에 대해 일말의 보상이라도 주어야 하는 게 아니냐는 말이리라.

"이런 상황인데도, 내가 이 길을 누군가에게 강요를 해야 한다는 말이더냐? 큰아범은 이 일에 맞지 않으나, 아직도 나를 보필하며 일하고 있다. 제가 보기에도 아비인 내가 측은했던 게지."

민수 큰아버지가 손사래를 쳤지만, 개의치 않고 그는 계속 말했다.

"그리고 작은 녀석은 재능이 있었음에도 이 상황이, 이 일이 싫어서 도망쳤다. 과연 이런 상황인데도 이 일을 이어야 한다는 말이냐? 그리고 방법이 있기는 하다는 말이냐?"

수십 년을 사람을 찾아 헤맸음에도 후계자 하나를 찾지 못했다며, 그가 울분을 터뜨렸다.

그러니 그의 눈에는 내가 현 상황을 모르고, 그저 어린놈이 건방을 떠는 것으로 보였으리라.

그의 흥분을 가라앉히며 말했다.

"어르신, 시대가 바뀌었습니다. 예전처럼 알음알음으로 사람을 구하던 시대가 아닙니다. 인터넷으로 구인을 하는 시대입니다."

"흥. 그러니 구시대의 유물인 내가 땅속으로 기어들어가겠다는 것이 아니냐? 내 대에서 이 못난 짓을 끊겠다는데, 내 말이 뭐가 잘못되었냐?"

엄준한 훈계로 시작된 그의 말이 마지막에는 비통함마저 서려 있었다.

"내가 겪은 고난을 자식의 대로 넘기지 않는 것이야말로 내가 아비로서 자식들에게 마지막으로 해줄 수 있는 도리라고 생각한다. 사람들에게 인정받지 못하고, 업신여김당하는 이 일을 내 대에서 끊겠다는 말이다."

단호하지만 슬픈 그의 의지가 느껴졌다.

"어르신의 마음을 모를 리가 있습니까? 존중하지 않는 것도 아닙니다."

시대가 바뀌었으면, 사람도 능동적으로 대처해야 한다.

그러나 그는 변하지 않을 것이다.

수십 년 인생의 관성이 그대로 남아 있는데, 어느 순간 방향을 바꿀 수 있겠는가?

그렇다고 그의 기술을 고루한 것으로 취급하여 버릴 것인가? 그러면 반드시 끊어진다.

"다만 새 포도주는 새 부대에 담아야 한다는 것을 말씀드리고 싶었습니다."

"흥. 새 포도주는 새 부대에 담게나. 나는 헌 부대 끌어안고 갈 테니."

산지에서 매년 생산되는 포도주는 그 맛과 향이 다르다고 들었다.

귀하게 대접받는 것은 특별함이 있기 때문이고, 그것은 시간이 갈수록 귀해져서 막대한 프리미엄이 붙는다.

내게는 눈앞의 대목장이 그런 인물이었다.

세월이 지나면 점점 귀해져, 더 이상 먹지 못하는 포도주처럼 말이다.

세월이 만든 작품은 돈으로 환산할 수 없을 것이다.

'있을 때 잘하라는 말은 이런 사람을 위해 존재하는 것 아닐까?'

비록 그 사람이 말로 다할 수 없는 고집쟁이라고 해도, 나는 그런 고집쟁이가 좋다.

남들이 못하는 일을 하면서 고집 좀 세우면 어때?

내게 더 좋은 물건, 맛있는 음식을 보여 준다면 그를 안고 춤이라도 추리라.

"저는 어르신의 일을 이을 생각이 없습니다."

"흥. 아무나 이을 수 있는 줄 아는가? 내 눈에 들어야 그 기회도 생기는 것이지."

그가 어이없다며 코웃음 쳤다.

전통을 이을 생각도 없는데, 여기를 왜 왔고, 왜 자신을 회유하느냐는 의미이리라.

'오해의 소지는 없애는 게 좋겠지.'

"전통의 정신은 이어가되, 대목장은 하지 않겠다는 것이지요."

"하고 싶다고 할 수 있는 것도 아니지."

내가 쓸데없는 말이 길었던가?

최 옹이 내게 물었다.

"거두절미하고 묻겠네. 방법이 있다고 했지? 그게 뭔가?"

나를 노려보며 묻는데, 노여움이 어려 있었다.

그가 하고자 하는 일에 반대했기 때문이리라. 자격도 없으면서.

평생을 자기가 하고 싶은 대로 하고 살아온 대목장이다.

하고 싶은 일이 있다면 빌어서라도 했고, 하기 싫으면 만금을 바쳐도 손대지 않았던 사람이다.

장인의 고집이란 그 정도의 가치가 있다.

아니, 그 정도의 대우를 해줘야 한다.

'사라지게 하고 싶지 않다면 말이지.'

그의 고집스러운 음성을 들으며, 오히려 내 얼굴에는 미소가 고이고 있었다. 그의 음성이 커지면 커질수록 한 방울 한 방울 고이는 샘물처럼.

'왜 나는 지난 삶에서는 이런 재미를 몰랐을까?'

왜 이런 고집쟁이들을 고리타분하다고 생각했을까?

직접 만나서 이야기하면 이들보다 정감 넘치는 사람이 없는 것을.

대목장의 안타까움을 이해할 수 있었다.

옆에서 보는 내가 그럴진대, 실제로 평생을 몸 바친 사람은 어떤 기분이랴?

'당신의 그 기술, 내가 살려드리지.'

일방적으로 퍼주면 내게 뭐가 남느냐고?

그건 하나만 알고 둘은 모르는 소리다.

내 눈앞의 이 사람이 실리만을 탐하는 자였다면 이런 비루한 삶을 살지 않았을 것이다.

'대목장의 집에 이 빠진 그릇이라니, 말이 돼?'

높은 자리에서 이래라 저래라 손가락으로 지시했겠지.

돈이라는 돈은 다 제 손아귀에 거머쥐고 말이다.

죽을 때 가져가지도 못하는 그 쓰레기들을.

'하나 이 남자는 그렇지 않아.'

마지막 가는 길에, 그의 도움을 받은 수많은 지인이 그를 애도하며, 명복을 빌어줄 것이다.

그만하면 짧은 인생, 잘 산 것 아닌가?

그보다 더 멋있는 인생이 있겠는가?

'이런 사람이 빚지고 살 수 있을까?'

절대 그럴 수 없다.

걸어온 길을 보면 그 사람에 대해서도 어느 정도 알 수 있다. 남한테 빚지기 싫어하는 사람은 죽어도 그 빚을 갚아야 한다. 상대가 빚 갚기를 원하든 그렇지 않든, 그게 죽을 때까지 한으로 남을 테니까.

'이런 사람에게는 아무리 퍼줘도 아깝지 않아. 지금의 작은 빚이 눈덩이가 되어 돌아올 테니까.'

빌어서 해주는 것은 빚이라 생각은 될지언정, 은혜로 생각하지 않는다.

그건 단지 거래일 뿐이다.

거래는 갚으면 끝나지만, 마음의 빚은 갚아도 갚아도 그 끝을 알 수 없다.

'진짜 빚은 마음에 새기는 거지.'

솔직히 나는 대목장처럼 살고 싶었다.

타협 없이 제멋에 살고, 제멋에 죽는 사람.

내가 대목장을 하지 않겠다고 못 박았던 이유는 단순하다.

'나는 대목장처럼 이런 삶을 즐길 수 있는 사람이 아니니까.'

그가 원하는 제자는 손재주 있는 사람도, 능력이 좋은 사람도 아니었다.

'그저 자기처럼 이런 삶을 즐길 수 있는 사람. 전통 건축을 사랑할 수 있는 사람이겠지.'

나는 나 자신을 잘 안다.

얼마나 교활하고 기회주의자인지.

그리고 얼마나 게으르고 멍청한 놈인지.

'지난 삶의 내가 처절할 정도로 증명했거든. 지금 이렇게 필사적으로 살고 있는 건 지난 과거를 부정하기 위해서지. 내 인생은 헛되지 않았다고, 무의미하지 않았다고. 원래대로라면 이런 삶을 살 수 있었다고.'

스스로에게 변명하기 위함이고, 궁극적으로는 죽을 때 대

목장처럼 죽기 위함이라고.'

그의 죽음은 화려하지는 않지만, 사람들의 가슴에 남았다.

죽기 직전에야 그의 행적이 알려졌지만, 그의 삶은 사람들에게 파문을 일으키고 갔다.

하나 그가 자신의 명예를 위해서 그것을 했던가?

아니다.

그의 말처럼 그저 자신이 그것이 좋았고, 후배들과 어려운 장인들 돕기를 즐겼던 사람이다.

'사람은 살이 있을 때보다 죽었을 때 그 진가를 알 수 있는 법이거든.'

아무리 휘황찬란한 묘를 만들고, 비싼 향을 피워도 그 삶의 가치를 결정하는 것은 그가 저세상으로 갈 때, 얼마만큼의 사람이 그를 진심으로 마중하느냐가 아닐까?

그런 말이 있지 않은가?

정승 집 개가 죽으면 문전성시를 이루지만, 정작 정승이 죽으면 개 한 마리 얼씬거리지 않는다고.

'이런 사람이 알려지지 않으면, 누구를 알리란 말이야?'

진정한 어른으로, 깨어 있는 양심으로 그가 살아 있을 때 존경받게 하고 싶었다.

그게 그가 원하는 것이든, 아니든 말이다.

'어차피 그 자신도 제멋대로 살았는데, 나라도 못할 이유가 어디 있어?'

인생은 스스로 길을 찾아가는 것이 아닐까?

남이 가르쳐 주는 대로 가는 것이 아니라.

그것의 정답을 아는 사람도, 그 인생을 두 번 사는 사람도 없으니까.

그리고 그 삶의 길을 정했다면, 최선을 다해 끝까지 관철하는 게 답이 아닐까?

역사에 이름을 남기고픈 욕망은 없으나, 내 묘비에 이런 글자를 새기고픈 욕심은 있다.

'김성훈. 제멋대로 살다가, 멋스럽게 죽었다.'

그 한마디면 된다.

'대목장. 당신이 대한민국 전통의 중추가 되어주어야겠소. 당신이 그것을 원하든 원하지 않든!'

그게 내가 원하는 거니까.

"제가 홍보를 하겠습니다."

"저잣거리에 나가서 내 작품을 광고하겠다는 말인가? 나 잘났다고, 이렇게 잘 만든다고 자랑이라도 할 참인가?"

그게 어때서!

자기 PR 시대인데?

하지만 그의 비위를 거스를 생각은 없었다.

그다지 보기 좋은 방법도 아니었고.

'그리고 쓸데없이 돈 드는 건 저도 싫다고요.'

그에게 말했다.

"아닙니다. 어르신은 공방을 공개만 해주시면 됩니다."

"공방? 그걸 보여서 뭐하게."·

"무슨 비밀이라도 있는 겁니까? 사람들이 알아서는 안 되는?"

전통의 일인전승? 개나 먹으라고 해.

무슨 귀한 거라고, 남에게 숨기는 것인가?

'아끼다가 똥 되는 건, 비단 음식 얘기만이 아니라고.'

남들도 알아야 그 가치를 알아보는 거다.

아무리 진주라고 말해도, 그게 진주라는 것을 사람들이 모르면 옆집 개똥보다 못하다.

개똥은 거름이라도 하지.

"흥. 그런 게 있을 리 있나? 나는 떳떳하네."

"그럼 공개하십시오."

"흥. 좋다. 공개해서 어떻게 할 요량인데?"

마음에 들지 않는 대답이라면 대번 사단을 낼 얼굴이었다.

"거기서 체험 학습을 할 겁니다."

"뭐? 체험 학습? 애들 데리고 노닥거리는 것?"

최 옹의 턱수염이 살짝 떨렸다.

'고작 애들 놀림감이 되기 위해서 공방을 공개하라는 것이냐?' 하는 속내가 들리는 듯했다.

"어르신이 원하는 것은 사람입니다. 당신의 정신을 이어줄 사람."

"그래서? 그게 무슨 상관이 있는데?"

"돈을 벌려고 하면 돈이 있는 곳으로 가야 하고, 사람을 구하려 하면 사람 있는 곳으로 가야 합니다."

"당연하지."

"그러나 그건 하책이지요. 상책은 그들이 스스로 오게끔 해야 합니다."

"오게끔 할 수 있다는 말이냐?"

그의 말에 피식 웃었다.

아직 활성화가 되지 않아서 그런 것이지, 활성화만 시키면 별의별 사람이 다 온다.

"그건 제가 알아서 할 일이고, 어르신은 거기 오는 사람들 중에서 마음에 드는 사람을 찍으시면 됩니다."

"엥? 정말 사람들이 올 거라고 생각하나? 나는 그런 짓을 안 해본 줄 아는가?"

그의 말에 굳이 대답할 필요를 못 느꼈다.

당연히 올 거니까.

"나이 지긋한 노인일 수도 있고, 눈빛 초롱초롱한 아이일 수도 있겠지요."

"왔다고 치자. 그 사람이 내 사람이 된다는 확신은?"

'그걸 위해 삼고초려 하는 건 어르신이지, 제가 아닙니다. 찾아주는 것만 해도 어딘데?'

"하지만 그건 크게 걱정하지 않습니다."

"왜?"

"어르신처럼 그런 삶을 스스로 즐길 수 있는 사람이라면, 자연스럽게 알 수 있을 겁니다. 그게 자신의 천직이라는 것을."

천직이라는 말에 최 옹의 눈 밑이 씰룩거렸다.

"천직이라는 말의 의미는 대목장께서 더 잘 아시리라 믿습니다."

그제야 내 말뜻을 알아챈 것 같았다.

"천직이란 천형과 같아서, 벗어나기 어렵지. 암 그렇고말고."

"이 집이 문전성시를 이루게 해드리죠. 나중에는 문지방이 닳아 없어질 정도로요."

"허허, 그렇게만 된다면야."

결국은 방법의 문제다. 사고의 문제이기도 하고.

"어르신. 사람들은 평생을 자신이 뭘 원하는지 모르고 살아갑니다. 이건 그 사람들 자신을 위해서도 좋은 겁니다."

최 옹이 고개를 끄덕였다.

어떤 사람은 자신이 작가가 되리라고 생각지도 않았는데, 어느 순간 작가의 길로 들어서기도 하고, 어떤 이는 전통 장인의 길로 접어들기도 한다.

아무도 시키지 않았지만, 스스로 찾아간다.

바다거북이 저 태어난 곳을 찾아가는 것과 같지 않을까?

찾지 못한 사람은?

평생을 자신과는 상관없는 길을 가게 되겠지.

그저 부모가 정해준 기업에 들어가는 것이 삶의 목표가 되고, 부모를 기쁘게 하고, 자식들을 먹여 살리는 것에 스스로를 구속한 채 말이다.

"전통이 돈이 안 되고, 출세에 도움이 되지 않기 때문에 아무도 관심을 가지지 않는 것입니다."

"그렇겠지. 쓰레기 청소부보다 못해서야."

"그렇게 되지 않도록 해드리겠습니다."

"음."

고심하는 대목장에게 며느리가 슬쩍 운을 뗀다.

"해보시죠. 아버님. 그렇게 후계를 찾으셨잖아요?"

그리고 말을 이었다.

"손해 보실 일은 없다고 생각돼요."

"형, 그런데 정말 가능할까요? 사람이 모인다는 것도, 관심을 가진다는 것도."

민수가 의문을 가질 만했다.

하지만 나는 단호하게 고개를 끄덕였다.

"응. 가능하다."

왜 그게 가능하냐고 묻는다면, 나는 이렇게 말할 것이다.

'핏속에 혼이 잠들어 있다. 한국인에게만 전해오는 정신이 있다.'

"민수야. 혹시 꽹과리 잡아본 적 있냐?"

"네, 학교 다닐 때 잠시."

"쳐보니까 어떻든?"

"그냥 치는 거죠."

그냥 치는 것이 아니라, 자연스럽게 흥이 나서 쳤을 것이다. 한국인의 몸이 그런 시스템이니까.

물론 처음부터 그렇게 되지 않는 사람도 있겠지만, 민감한 사람은 바로 반응한다.

"한국인만 할 수 있는 거다. 그 리듬하며 감각, 스스로도 생각해 보면 신기할 정도지."

"그러고 보니까, 신명나게 쳤던 거 같아요. 처음 만져 보는 거였는데."

체험을 해보면, 자신이 뼛속까지 한국인이라는 것을 알게 된다.

자신도 모르게 박힌 정서가 아닐까 추측한다.

"한국에서 살지 않은 사람들이나 외국인은 하지도 못해. 그런 피가 흐르지 않기 때문이지."

피는 못 속인다고 하지 않던가?

반만 년의 역사를 통해서 끈끈하게 이어져 오는 정서는 아직도 우리의 핏속에 살아남아 있다.

'그게 내가 전통으로 승부를 거는 이유라고.'

60억의 인구 중에 반만 년을 한 핏줄로 이어져 온 나라가 얼마나 있을까?

지금은 그런 말이 많이 사라졌지만, 한동안 내가 어릴 때는 한민족은 '단일민족'이었다.

수많은 외침을 받았지만, 그 와중에서 피가 섞일 수도 있겠지만, 우리 민족은 단일민족이었다.

미국은 강대국이지만 단일민족은 아니다. 미국은 그 나름대로 다양성에서 나오는 파워가 있지만, 유니크함은 부족하다.

그걸 내세울 수 있는 몇 안 되는 민족, 한민족.

그래서 그 피의 연결 고리도 명확하다.

물론 이런 생각을 하는 나도 고리타분하다고 생각하지만, 거의 확신에 가까운 예측이었다.

그렇기에 60억의 1%인 한국인만 할 수 있는 것.

그것이 내가 전통으로 세계와 한판 승부를 벌이려고 하는 이유였다.

'과연 승산이 있느냐고?'

꽹과리를 들고 신들린 듯 쳐본 사람이라면, 그 의미를 알 수 있을 것이다.

꽹과리만 치는 줄 아는가?

옆에 장구 소리에 맞춰서 고개도 빙글빙글 돌린다. 상모도 안 썼는데 말이다.

한국인이라면 누구나 할 수 있고, 한국인만 할 수 있는 것.

그것이 내가 하려는 일의 특별성이다.

여기서 왜 내가 전통 공방을 열려고 하냐고?

단지 대목장이 마음에 들어서 신세 하나를 지워 놓으려고?

'절대 아니지.'

난 이 공방을 내 공방으로 만들 계획이거든.

차후 자리가 잡히면 이 공방을 그대로 들어서 학교로 옮겨 버릴 거야.

대목장의 반대?

성공적으로 되면 최 옹이 알아서 그렇게 할 거야.

학교는 어마어마한 인재 풀이니까.

정말 자신이 있느냐고 묻는다면 웃어주겠다.

'자신 있으니 하는 거지, 없으면 손도 대지 않는다고. 나 김성훈이야.'

이 공방은 내가 만들려고 하는 '김성훈호'의 전신이 될 것이다.

대목장이라는 최고의 특등 항해사가 운전하는.

그동안 아들 내외와 밀담을 나누던 대목장이 물었다.

"그럼 내가 해야 하는 것은 뭔가?"

"그냥 공방을 열어주시기만 하면 됩니다. 나머지는 제가 알아서 진행하겠습니다. 그리고 제게 약간의 권한만 주시면 됩니다."

"그건 하는 거 보고 결정을 하지."

'기다릴 것 뭐 있어?'

그 앞에서 전화기를 들었다.

"시장님, 김성훈입니다."

─오, 김성훈이. 어쩐 일인가? 나보다 백배는 바쁜 사람이?

아마 현장에 왔었을 때, 제대로 대접해주지 않았다고 저렇게 심술을 부리는 것이리라. 개구진 노인네 같으니라고.

"안 그래도 바쁜데, 저 끊을까요?"

등받이에서 급히 일어나는 소리가 들려왔다.

─어허, 이 친구가. 전화를 했으면 용건을 말해야지. 그게 예의 아닌가?

'무슨 예의까지.'

"저 지금 경주에 와 있는데, 부탁 하나 하고 싶은 게 있어서요."

─흠, 부탁? 김성훈이가 부탁? 거, 좋지!

말하는 투가 내게 신세를 지우겠다는 거였다.

급히 말을 돌렸다.

다른 사람도 아니고 정치인에게 코 꿰는 건 절대 사양이다.

"아뇨. 말을 잘못했습니다. 부탁이 아니라, 제안입니다.

하시려면 하시고 싫으시면 안 해도 되는, 그런 제! 안! 요."

─에잉. 부탁이 좋은데. 하여간! 말이나 해보게?

시장이 입맛 다시는 소리가 들렸다.

"경주 최기형 대목장이 공방을 오픈하려고 하는데, 그걸 울산의 정책과 연결시킬 수 있을 것 같아서요."

─그래?

원래는 그의 의중을 물어보려고 했는데, 그랬다가는 그걸로 밀당을 할 것 같았다.

'괜찮아. 한 교수도 OK 할 건데 뭐.'

울산의 도시 계획은 한 교수가 꽉 쥐고 있었다.

─흠……

고민이 길어지면 결론이 산으로 간다.

그에게 필요의 핵심을 찍어줘야 했다.

"울산은 공업으로 발전한 도시입니다. 그렇죠."

─그렇지.

"그런 만큼, 문화적 콘텐츠가 부족합니다. 특히나 전통 문화에 대해서는 말이죠."

설령 있었다고 하더라도, 공업화하기에 바빠서 다 묻어버렸겠지.

─그건 인정하지.

"경주는 그 반대죠. 그걸 잘 이용하면, 시민들에게 점수를 따낼 수 있을 것 같습니다."

지극히 내 중심의 말이었지만, 시장은 귀를 쫑긋 세우고 있었다.

─그럴 듯하네. 뭐 구체적인 건 없고?

"방금 생각이 났는데, 무슨 구체적인 안이요? 며칠 뒤에 안 짜서 올릴게요. 그리고 그 이상은 나중에 울산 가서 말씀드리고. 이거 어때요?"

나중에 공방을 통째로 들어서 대학으로 가져가겠다는 말을 대목장 앞에서 할 수는 없지 않는가?

시장이 의미심장한 웃음을 흘렸다.

─흐흐흐. 누구 부탁인데, 안 들어줄 수 있나?

"아참, 부탁 아니라니까요."

─그래, 알았어. 알았다고. 구체적인 건 나중에 이야기해 주기야. 알았지?

"네, 알겠습니다. 일단 승낙하신 겁니다."

─알았네. 내 그렇게 말해 두겠네.

"경주 시장님 납득시키는 건 알아서 하시고. 신문사에도 그렇게 운 띄워 놓으세요. 며칠 후에 기자회견 한다고."

─흐흐흐. 알았어. 경주 시장은 내가 알아서 할 테니, 얼른 와라. 얼굴 보고 얘기하자.

좋은 일로 매스컴에 얼굴을 내미는 것은 시장으로서도 환영할 일이었다.

대목장을 돌아보며 말했다.

"들으셨죠?"

최 옹이 넋이 나간 듯, 고개를 끄덕였다.

"이렇게 진행할 겁니다."

"될까? 경주 시장 놈한테 몇 번을 말했지만, 콧방귀도 안 꿰던데."

울산 시장과 경주 시장은 레벨이 다르다.

인구, 소득, 공업화 등등, 여러 측면에서 말이다.

힘없고, 돈 없는 경주 시장에게 말해봐야 퇴짜밖에 더 맞으랴.

그가 보기에는 내가 시장과 다이렉트로 통화한다는 것이 신기한 모양이었다.

"알아서 한다고 했으니, 될 겁니다. 확실히."

"제발 그랬으면 원이 없겠네."

최 옹이 고개를 끄덕였다.

그에게서 시선을 떼고, 다시 전화기를 들었다.

"'조간울산' 김 기자님?"

상대도 대번 내 목소리를 알아들었다.

얼마 전에 현장 안전교육 때문에 통화한 적이 있었으니, 더 잘 기억할 것이다.

"저번에는 신세를 졌습니다."

-신세는 무슨. 나야 고맙지. 그걸로 또 한 건 건졌잖나?

그는 현장 안전을 기사화했었다.

'스타타워' 현장의 안전교육에 비해 다른 현장은 어떠네 저떠네 하면서 한 번 크게 히트를 쳤었다.

'이렇게 주고받으면 되는 거지. 뭐.'

"그래서 이번에는 다른 건수 하나 드리려고 전화드린 겁니다."

그도 귀를 쫑긋 세우며 물었다.

─뭔가? 말해보게. 연필 들고 있어.

"경주에 최기형 대목장이라고 아시죠?"

─당연히 알지. 기자가 그거 모르면 이상한 거야! 그런데 왜 그분이 무슨 스캔들이라도.

'쯧쯧. 하여간 생각하는 것 하고는.'

속으로 혀를 차며 말을 이었다.

"아니요. 이번에 공방을 공개적으로 오픈하려고 하는데, 울산과 경주의 합작 사업입니다."

─그래?

"조만간 시장님이 기자회견 할 겁니다."

─나는 전혀 몰랐는데?

"당연히 모를 수밖에 없죠. 방금 제안한 거니까요."

─그래?

"그래서 기자님한테만 연락드린 거예요."

그의 웃는 얼굴이 보이는 듯했다.

─고마워. 고마워. 그래서?

큰 건수가 아닌 것 같자, 목소리가 낮아졌다.

"이거 한 번으로 끝날 거 아닙니다. 제대로 기사 날리셔야죠. 그날 시장 인터뷰한 거 그대로 올릴 겁니까?"

─아니지. 그날 대목장님, 인터뷰하러 가야지.

"그날 인터뷰하러 오면 대목장 없습니다."

─그래? 정말이지?

'일부러라도 자리를 비울 거거든.'

같은 특종이라도 밑에 깔린 소스가 많으면 기사의 질이 달라지는 법.

십수 년간 기자 생활을 한 그가 그걸 모를 리가 없었다.

'다른 신문에는 없는데, '조간울산'에만 있다?'

적어도 며칠은 편집장에게서 웃음을 볼 수 있으리라.

노고에 대한 치하도 있을 테고 말이다.

내가 전화한 이유에 대해 그가 눈치를 챘다.

─역시 성훈 씨. 의리 있어!

"그래서 언제 오실 겁니까?"

─음. 자료 모으고 준비하면, 3시 전에 거기 도착할 거야. 그동안 딴 기자들한테 전화하면 안 되는 거 알지?

그는 부탁 아닌 엄포를 놓으며 전화를 끊었다.

신문지상에 광고를 하면 되지 않느냐고?

돈은 돈대로 들고, 성과는 없을 것이다.

요점은 사람들이 보게만 하면 된다는 것.

"이제는 우리가 준비할 차례입니다."

"음, 난 당최 일이 어떻게 돌아가는지 정신을 차릴 수가 없구먼."

머리 회전은 며느리가 더 빨랐다.

"아버님, 기자들이 알아서 잘해주겠지요. 그리고 울산 시장이 밀어준다는데, 안 될 게 있겠어요?"

최 옹에게 물었다.

"제게 권한을 주시겠습니까?"

잠시 생각을 하던 그가 말했다.

"그러도록 하게. 집안의 규율을 흩뜨리지 않는 범위에서라면 뭘 해도 좋네. 그리고 궁금한 게 있으면 큰아범이나 어멈에게 물어보도록 하고."

그의 허락을 받았다.

공방으로 발걸음을 옮기는데, 전화가 왔다.

아까의 김 기자였다.

─성훈 군. 사람 하나 더 데려가도 되겠나?

"누굽니까?"

─저번에 안전교육 자료 할 때, 도움 많이 준 친군데, '울산신문' 홍 기자야. 그때는 자네가 알면 기분 나쁠까 봐 아무 말도 안 했어.

내 기분을 살피는 기색이 역력했다.

한 교수 논문이 나왔을 때, 진 교수의 편에서 안 좋은 기사를 썼던 곳이 '울산신문'이었다. 물론 보복은 해줬지만, 앙금이 완전히 사라진 것은 아니었다.

'울산신문'이 김 기자를 통해 화해를 청하고 있는 것이었다. 도움이 되겠다고 말이다.

'이제 슬슬 고삐를 풀어줄 때도 되었지. 벌써 그 일이 있은 지, 몇 달이 지났으니.'

"그래요. 데려오시는 건 좋은 데, 다른 주제를 가져와야 할 거예요. 같은 기사를 낼 거면 굳이 둘이나 부를 필요가 없으니까요."

─그래, 알겠네. 어떤 게 좋을까? 원하는 게 있으면 말을 하게.

'그래, 이렇게 나오면 편하지.'

그로서도 좋은 방법이리라.

제보자의 원하는 바를 안다면, 기사의 방향을 정하기 편할 테니까.

"대목장의 행적을 조사해 보라고 하세요."

─행적? 범위가 너무 모호한데?

"그분이 전통을 잇기 힘들어하는 후배들을 어떻게 돌봤는지 하는 그런 것들요."

김 기자는 잠시 말이 없었다.

'시간이 촉박할 테지. 그때 그 신문사에서는 거의 몇 달을

투자해서 알아냈던 것 같던데.'

약간의 힌트를 줘야 했다.

기사화하기 위해서는 시간이 부족했으니까.

"예를 들면 이런 거죠. 나주에서 자개장을 만드는 박 아무개 씨가 있는데, 그분이 맥이 끊어질까 고민할 때 재능 있는 제자를 이어주고, 자금난에 시달릴 때, 금전적 도움을 줬다. 아무런 대가 없이 말이죠."

그 외에도 내가 아는 대목장의 숨겨진 행적 몇 가지를 읊었다.

"쩝, 미담은 기삿거리가 안 되려나요?"

김 기자가 혀를 내두른다.

─허. 사람들이 궁금해할 가치가 있다면, 무조건 기삿거리지. 그런데 어떻게 그런 사실을 알고 있어? 아니, 그 전에, 방금 말한 그거? 팩트 맞아?

그 기사는 십 년 뒤에나 나올 기사들이었다.

하지만 그 사실에 대한 검증만은 철저했기에, 말년에 최 옹의 재평가가 이루어졌던 거다.

'최 옹이 자기 입으로 말한 건 하나도 없었지.'

오히려 신문사에서 철저히 검증한 거였다.

그걸 모른다고 해도, 내가 그 사실을 아는 것은 충분히 이상한 일이었다.

"그냥 소문일 뿐입니다. 그게 팩트인지 검증하는 건 그쪽에서 하셔야죠."

─알았네.

"그렇게까지 소스를 줬는데도, 못 살리면 다음에는 절대로 기사 안 줍니다."

이렇게 엄포를 놓으면 최대한 많은 것을 뽑아낼 것이다.

'내가 말한 것만 제대로 파도, 충분히 임팩트가 있을 거야.'

명성만으로는 다른 두 명의 대목장을 훨씬 앞지를 수 있을 것이다.

다시 한 번 엄포를 놓았다.

"제대로 파보라고 하세요. 그분의 행적은 양파 같으니까."

─오호, 그래? 이건 구미가 당기는데?

"그리고 울산신문! 이번에는 확실히 하라고 하세요. 또 그딴 식으로 기사를 쓰면……."

─에이, 절대로 안 그럴 거야. 그 때 편집장 쫓겨나고 난리도 아니었으니까. 그 이후로 자네 관련 기사는 최대한 사실에 맞게만 쓴다니까. 내가 단단히 주의를 줄 테니, 그건 염려 말게. 이거 조사하려면 같이 갈 시간 없을 것 같은데?

"굳이 오실 필요는 없고, 기사 나오면 인쇄하기 전에 저좀 보여 달라고 하세요."

엄밀히 말하면 기자의 권리에 대한 침범이다.

"제 의도와 전혀 다른 기사가 나온다면, 굳이 이런 수고를 할 필요가 없지 않겠어요?"

물론 오보의 후폭풍을 혼자 감당할 수도 있다면 얘기가 다르겠지만.

김 기자의 침 삼키는 소리가 들린다.

―알았네. 그 말 꼭 전하지.

통화를 끝내고 나니, 민수가 나를 쳐다보고 있었다. 눈을 동그랗게 하고 말이다.

"형, 어떻게 그런 걸 아세요? 저도 모르는데."

"글쎄다. 관심이 있으니까 그런 것 아닐까?"

당사자가 말 안 하면 모르는 사실은 세상에 널리고 널렸다.

하지만 관심을 가지고 캐려 들면 비밀이라 할 만한 것이 얼마나 있을까?

"이렇게 자신의 행적을 알렸다는 걸, 대목장께서 알면 어떤 반응을 보이실까?"

"글쎄요. 저도 잘…….."

민수도 그런 경우는 생각해 보지 않은 모양이었다. 애초에 생각을 해보지 않았으리라.

대목장이 그런 삶을 살았다는 것을.

"이번에 알게 되는 건 아마도 새 발의 피 정도가 아닐까 싶네."

"정말요? 할아버지가 그렇게 주변 사람을 많이 도왔다고요? 그런데 왜 말씀을 안 하셨을까?"

아마 스스로의 얼굴에 금칠하는 것은 좋게 생각하지 않았을 것이다.

"자신의 실력을 알면서도 뽐내고 싶지 않아서가 아닐까?"

"아까 봤잖아. 그분의 작품을 내놓아서 부끄러울 것이 하나도 없을 텐데, 그걸 좋아하시지 않잖아."

"저는 잘 이해가 되지 않네요. 형은 이해되세요?"

예수님이 그러셨던가?

선지자가 자기 고향과 자기 친척과 자기 집 외에서는 존경을 받지 않음이 없다고. 정작 가까이 있는 사람은 그 사람의 위대함을 알 수 없는 법이었다.

"대통령도 집에 가면 영부인한테 구박받을걸. 아마도."

"왜요?"

"양말 뒤집어 벗었다고."

"설마요?"

그런 민수를 보며 피식 웃었다.

'너도 장가 가봐라. 그런 걸로 안 싸우나.'

하긴 영부인이 가정부를 쓰지, 직접 빨래를 할까 싶지만.

민수에게 말했다.

"세상에는 여러 종류의 사람이 있거든."

한 줌도 안 되는 업적을 부풀려 자랑하는 자, 큰일을 하고서도 나는 모른다면 딱 잡아떼는 자.

어느 편이 지혜로운 것인지, 인생을 올바로 사는 것인지 나는 판단할 수 없다.

'뭐가 되었든, 그게 그 사람이 살아가는 방식이겠지.'

"아마도 네 할아버지는 아무런 말씀도 하지 않으실 거야."

"어떻게 사람이 그러실 수가 있죠?"

"그분은 남의 평가를 바라는 것이 아니라, 스스로에게 평가를 내리시겠지."

"그렇다고 해도."

"자기 자신에게 엄한 자일수록 그 평점은 짜디짜거든."

자신의 숨겨진 선행이 드러난 것에 자랑스러워하지도 쑥스러워하지도 않을 것이다.

내가 아는 대목장은, 그에게 금일봉을 하사하겠다고 누군가가 말했을 때, 이렇게 호통을 쳤었다.

'대목장으로서 마땅히 해야 할 일을 했는데, 왜 내가 돈을 받는다는 말이오. 도로 가져가시오.'

어느 기자가 왜 그것을 자랑하지 않느냐고 물었을 때는.

'당신은 길 가다가 휴지 주웠다고, 자랑하고 다니시오? 내가 내 위치에서 당연한 일을 했는데, 그걸 누구에게 자랑하라는 말이오?'

지난 삶에서 보인 그의 행보가 그랬다.

'오히려 모난 돌이라고 정 맞지 않은 것만 해도 다행이라

고 할 정도였지.'

그는 다른 사람들의 말에 부정도 긍정도 없이, 그저 자신의 길을 묵묵히 걸었을 뿐이다.

그를 추켜세워준 것은 그의 도움을 받았던 지인들이었지, 그 자신이 아니었다.

그만하면 누가 봐도, 멋있는 인생 아닌가?

발길이 멈춘 곳은 최 옹의 공방이었다.

제자들이 작은 모형과 짜 맞춤 공법에 필요한 도안을 그리고 있었다.

그뿐만 아니라, 장롱을 만드는 사람도 있었다.

'하긴 나무로 하는 거라면, 못하는 게 어디 있겠어? 이 사람들이.'

자개장은 농을 만드는 방법과 연결되고, 구리 장식은 검을 만드는 것과 연결이 된다.

만류귀종이라 하지 않던가?

하나를 깨닫기 위해 여러 분야를 통달해야 하는 건축의 특성상, 그들도 여러 가지 제품을 손수 제작하고 있었다.

"녀석. 너는 아직 대패를 들 때가 아니니라."

최 옹이 아이에게 호통을 치고 있었다.

그의 제자들은 천차만별, 만학의 나이에 도면을 그리는 이도 있었고, 방금 혼난 녀석은 열 살이 약간 넘어 보였다.

내가 들어오는 것을 보고 최 옹이 말을 건넸다.

"왔느냐?"

그에게 인사를 하고 물었다.

"네, 어르신. 좀 둘러봐도 될까요?"

그가 한쪽 광대를 올리며 웃었다.

"그러려무나. 네 계획대로 가기로 했으니, 바꿀 것이 있다면 바꿔야 하지 않겠느냐?"

그 말에 고개를 저었다.

"어르신. 바꿔야 할 것은 없습니다."

"왜?"

"어깨너머로 배운다고 했습니다. 어르신의 하시는 모습을 보면, 따라하게 되어 있습니다."

"하지만 그런 고리타분한 방식으로 누가 따라하려 하겠느냐?"

"거기서는 어르신의 협조가 약간 필요하지요."

"뭐냐?"

"사람들이 물어보는 것에 대해서 인자하게 대답해 주시면 됩니다."

변하면 안 되는 것 중에 가장 중요한 것이 최 옹이었다.

나는 그의 방식을 바꿀 생각이 없었다.

"그런가? 그러면 그러도록 하지. 공방을 둘러봐야 하지 않는가?"

그 말을 끝으로 그는 다시 어린 제자와 실랑이를 이어 갔다.

나는 전통을 하나의 콘텐츠로 인식시키고, 그것을 생활 전반에 정착시키려고 한다.

'그래야 무너지지 않거든.'

대중의 삶과 괴리되어 일부 계층을 위해 존재할 때, 대중화는 멀어지고, 설 자리를 잃게 된다.

몇 년의 숙원이 고작 몇 년 동안 이익을 보고 그 영향력이 사라져서는 적자다.

적어도 내게는.

'우물을 팠으면, 마르고 닳도록 떠 마셔야지.'

조상들의 반만 년, 그 깊이를 가늠하기 어려운 우물을 우리 세대는 감사함으로 즐겨야 한다.

중동은 조상도 아닌, 공룡들의 무덤에서 석유 파먹고 살고 있는데.

자원이 없다고? 천만의 말씀이다.

'우리만큼 유일한 자원을 가진 나라도 없어.'

중동의 복이 석유라면, 우리에게는 반만 년 묵은 고유문화가 있다.

'말이 좋아 반만 년이지.'

이무기가 용이 되도, 몇 번은 되었을걸.

그들의 석유가 몇십 년 후 바닥을 보일 때, 한국은 문화를 팔아먹는 강국이 될 것이다.

캐낼수록 끝을 알 수 없는 전통 문화를.

'꿇릴 이유가 어디 있어?'

⬤

"피죽도 안 먹었느냐? 힘 좀 쓰거라. 녀석아."

최 옹은 그의 아들과 함께 톱질을 하고 있었다.

최 옹이 숨을 고르자, 아들이 수건을 건넸다.

땀을 닦던 최 옹이 물었다.

"아범아. 저 친구가 지금 뭐 하는 거냐?"

"가구를 보고 있지 않습니까?"

성훈은 공방의 가구 작업을 보고 다니고 있었다.

쪼그리고 앉은 채, 가구를 감상하고 있었다. 때로는 농의 문을 열어 그 속을 들여다보기도 하면서 말이다.

"저 자세가 뭐냐는 말이다."

"다리가 아픈가 보지요."

"이놈아. 객쩍은 소릴랑 하지 말고."

"쪼그려 앉아서 보는 게 뭐 그리 대단하다고 그러십니까?"

"지금까지 여기 왔던 놈들은 저렇게 쪼그리고 앉아서 보는 놈은 드물었거든."

"당연하지요. 그러면 허리가 아프잖습니까?"

그러고는 제 허리를 툭툭 두드려 댄다.

"저도 톱질을 했더니, 허리가 아픕니다."

"젊은 놈이 허리 타령은. 그런 놈이 자식이라고는 아들 하나뿐인 것이냐?"

"에이, 아버지. 맨날 팔도사방으로 집 지으러 다니기 바쁜데. 아시면서."

그 말에 최 옹이 너털웃음을 지었다.

"이놈아. 네놈이 아들 하나인 것이 내 탓이란 말이냐?"

어느 집에서나 있는 부자간의 농이었다.

최 옹이 아들에게 물었다.

"저놈, 어떻게 생각하느냐?"

"글쎄요? 어디 정치인이나 재벌 아들이 아니겠습니까?"

"왜 그리 생각했느냐?"

"그렇지 않고서야, 어떻게 울산 시장에게 다이렉트로 통화를 합니까? 그것도 부탁도 아니고 제안이라고 하지 않았습니까? 제 입으로."

"그런데 그렇게 힘이 있는 놈이, 내게 와서는 부탁을 하느냐?"

아들이 어이없는 웃음을 지었다.

"아버지가 오란다고 가실 분입니까?"

"그건 아니지."

"그걸 아니, 이렇게 직접 온 것 아닐까요?"

최 옹이 고개를 흔들었다.

"아까 민수에게 물어봤다. 전혀 그런 게 아니라더라."

"그냥 학교 선배라고요? 진짜로요?"

"알짜배기 천둥벌거숭이라더라. 어디서 저런 놈이 나왔는지 모르겠다면서."

'아직은 공구를 집어 들 시기가 아니지.'

공방을 둘러본 것은 대목장의 취향을 알기 위해서였다.

특별히 좋아하는 것이 있는지, 아니면 저어하는 것이 있는지.

좋아하는 것을 되새기고, 싫어하는 것을 피한다면, 설득은 식은 죽 먹기다.

'그나마도 반쯤은 넘어왔지만.'

돌고 도는 사이에 다시 대목장이 있는 곳으로 왔다.

"문갑(文匣)이네요."

최 옹이 돌아보며 말했다.

"용케 아는구나."

"문갑이 문갑이지. 이걸 모릅니까?"

"대부분은 거실장이라고 부르지. 장인지 농인지도 구별

못하는 사람이 태반이니까."

대목장은 나무에 톱질을 하고 있었다.

어떤 나무냐면, 두 개의 오동나무 판재 사이에 느티나무 판재를 끼워 넣어 아교로 붙인 것 말이다.

톱으로 느티나무만 반으로 자르고 있었다.

'저렇게 하면 대칭되는 무늬가 나와서 보기가 좋지.'

손은 많이 가고 귀찮은 과정이지만, 과거 한국에서는 못 없이 '짜 맞춤'으로만 목가구를 만들었다.

'예전에 주먹장 맞춤을 잘 써먹었는데.'

물끄러미 바라보고 있자, 최 옹이 물었다.

"이게 뭐 만드는 것처럼 보이느냐?"

"문짝 만드시는 걸로 보입니다."

내 말에 최 옹이 힐끔 쳐다보더니 웃는다.

"왜 이렇게 만드는지도 아느냐?"

"그렇게 만들면 느티나무 결을 대칭으로 볼 수 있죠. 산수화 같은 문양이 나오겠네요."

"잘 아는구나. 민수 말을 들으니, 나무를 다룰 줄 안다던데, 한번 해보겠느냐?"

그 말에 톱을 건네받으며 물었다.

"전 여기가 소목장 공방인 줄 알았습니다."

"왜?"

"보이는 것이 전부 가구들이니 말입니다."

"나는 뭐 만날 천날 집만 짓는 줄 아느냐?"

일이 없어서 하지 못하는 것은 아닐 터.

돈 있는 사람들은 대목장이 바빠서 줄서서 차례를 기다리고 있을 것이다.

"일이 없을 리가 없지 않습니까?"

그것도 할 만한 일이라야 하는 거지."

"아무 일이나 하실 수 없다는 겁니까?"

"당연한 것 아니겠느냐?"

"왜요?"

당장 이빨 빠진 공기그릇부터 바꿔야 할 판에, 일을 가린다는 말인가?

"해달라는 사람이야 계속 있지. 하나 가려서 해야지. 안 그러면 다른 놈들은 뭘 먹고살라고?"

"다른 사람 걱정은 왜 합니까?"

"대목장만 목수냐? 내가 다 가져가면 다른 목수들은 어떻게 먹고 사느냐? 씨를 말릴 참이냐?"

'헐!'

"내게 일을 의뢰하는 사람들은 다 먹고살 만하거나 혹은 관공서다."

"그럼 감독만 하셔도, 현장 몇 개는 거머쥐실 것 아닙니까?"

"그러면 돈은 벌지 몰라도, 일은 제대로 못하는 법이다. 돈에 눈이 멀었는데, 일에 눈에 들어오겠느냐?"

"그래도 먹고살아야 뭔가를 하실 거 아닙니까?"

당연한 나의 항변이었다.

돈 만지는 것을 저급하게 여겼던, 허생이 살던 시절도 아니고, 굳이 돈 때문에 일을 놓칠 필요까지 있을까?

"그러니 이렇게 소일거리로 가구라도 만들고 있지 않느냐?"

"그런 것치고는 전혀 괴롭거나 힘들어 하시지 않거든요."

오히려 재밌는 일을 하는 듯한 얼굴이 아닌가?

"자네처럼 잘난 집 자재들은 그런 것을 알랑가 모르겠지만."

그렇게 묻는 그의 눈에는 장난기가 다분했지만, 나는 발끈해 버렸다.

"누가 그럽니까? 잘난 집 자식이라고요?"

맨 땅에서 노력으로 이룬 결과를 그저 금수저라서 그렇다고 하면 누구라도 열 받지 않을까?

"그런 녀석이 아니면, 어찌 시장과 직통으로 통하고, 기자들을 오라 가라 하겠느냐?"

"시장이야 필요하니까 승낙한 거고! 제가 압박을 넣었습니까? 그리고 기사가 될 만하면 기자들 부르는 거지. 제가 대목장을 모시고 갈까요? 답답한 자기들이 와야죠."

그게 일반적인 상식이지만, 내가 말하는 사람들은 일반적인 상대가 아니었으니, 그런 생각을 하는 것이리라.

"알았네. 알았어. 민수에게 들었네. 젊은 사람을 상대로 농담도 못하겠어. 허허허."

'농담은? 항상 진지하던 사람이.'

최 옹은 웃으며 손을 휘젓다가 진지한 표정으로 물었다.

"그런데 자네는 왜 쪼그려 앉아서 가구를 봤는가? 큰아범 말마따나 허리가 아팠는가?"

"아버지는 농담을 한 것을 가지고……."

최 옹의 아들이 모기 소리로 항의를 했다.

함께 하며 의지해 온 세월이 길었던 만큼, 격의 없는 행동이리라.

최 옹의 진지한 눈빛을 보며 답했다.

"저는 그 농이 자기 자리를 잡았을 때, 어떤 모습일까를 생각하면서 본 것뿐입니다."

"나는 문판과 문틀의 결을 보기 위해서일 거라 생각했건만."

대목장의 눈에 실망의 빛이 어렸다.

그 실망의 원인은 알 수 없으나, 결국은 같은 것이 아닌가?

내 입가에 미소가 어렸다.

"그 위치에서는 자연스레 그것이 보이지 않을는지요?"

하나 대답이 만족스럽지 않았던 모양이다.

볼멘소리로 말했다.

"보이기는 하겠지만, 나는 자네가 결에서 뭔가를 느껴서 그런다고 생각했지."

"그 때문에 실망하신 겁니까?"

최 옹의 고개가 끄덕였다.

"그렇게 보는 녀석은 오랜만이었거든."

최 옹이 그동안 얼마나 많은 사람을 보아왔겠는가?

개중에는 생각하지 않아도 자연히 몸이 반응하는 사람도 있었으리라.

아들이 설명을 보탰다.

"아까의 그 눈높이가 농에 넣은 무늬를 가장 잘 느낄 수 있는 높이였거든. 그래서 기대를 하신 것이지."

그만큼 눈길 닿는 부분에 신경 썼다는 말이리라.

신경 써서 만들어도 알아주지 않는다면, 장인의 입장에서 그보다 한스러운 것이 어디 있으랴?

그에게 좀 더 자세한 설명을 할 필요가 있었다.

'좀 더 잘 보일 필요도 있고 말이야.'

배운 건 써먹어야 하고, 느낀 건 표현해야 보배다.

"하지만 느꼈습니다. 어르신께서 표현하고자 하는 것을 말입니다."

"정말?"

살짝 의문스러운 듯, 대목장이 말을 이었다.

"무엇을 느꼈는가?"

"인위적이지 않으며, 나뭇결의 자연미를 최대한 살리려고 하신 것 아닙니까?"

"그건 전통가구라면 당연한 거라네."

그중에서도 백미라 할 만한 것은 문짝이었다.

미세한 차이였지만, 내게는 보였다.

'그러니 아까도 문판과 문틀을 이야기한 거겠지.'

"그중에서도 문짝은 정말 신경을 많이 쓰셨더군요. 나머지 전면판재들은 액자틀로 보일 정도였습니다."

최 옹이 뜨악하며, 아들을 바라본다.

그리고 내게 말했다.

"끄응. 그야 손을 가장 많이 타는 것이 문짝이니 당연한 게지."

문짝을 열 때, 눈을 감고 여는가?

당연히 눈뜨고 열지.

그러니 가장 눈길이 많이 가는 것도 문짝이리라.

나를 시험하는 대목장에게 일침을 가했다.

"저는 다르게 생각합니다."

"뭐가?"

"대목장께서 거기에 심혈을 기울인 건 다른 이유라고 생각합니다."

"무엇 때문에?"

"손길이 아니라, 눈길이 가장 많이 닿는 곳이니까요."

바닥판에 황금을 박아 봐야 뭐 하는가?

숨은 그림 찾기도 아니고.

아들이 내게 물었다.

"문짝이 그렇게 좋았다면서 멀찍이 떨어져서 본 이유는 뭔가?"

"적당한 거리가 필요했지요. 그 작품을 최상으로 즐길 수 있는."

"거리라……."

"너무 가까우면 전체적 조화를 놓치고, 그렇다고 멀면 세밀한 손길을 느낄 수 없지요."

"맞는 말이지요."

아들의 말에 최 옹도 고개를 끄덕였다.

"그럼. 사람 사이에도 거리가 필요하듯, 사람과 사물의 사이에도 거리가 필요하지."

그것이 장인의 작품임에야, 더 하지 않겠는가?

작품은 만든 사람이 원하는 시점에서 봐야, 그 의도가 명확히 보인다.

최 옹이 물었다.

"원래 그렇게 사물을 봐왔는가?"

"아닙니다. 전통 가구를 그렇게 본 것은 이번이 처음입니다."

TV에서 아무리 봤다한들, 시점을 바꿨을 리는 없고, 보여주는 것만 봤을 뿐이다.

'먹고 산다고 바빴지, 전통가구를 찾아다닐 일은 없었지

요. 지난 삶에서는.'

"연유가 있겠지?"

"아까 안방에서 말씀하셨지요?"

최 옹이 고개를 갸웃했다.

한두 마디를 했어야 기억을 할 것이 아닌가?

"왜 무릎을 꿇느냐고 물었을 때 말입니다."

"음. 내가 뭐라고 했던가?"

"지나가듯 말씀을 하시더군요."

"뭐라고?"

"그렇게 앉아 있으면 못 보던 것을 볼 수도 있지 않겠냐고 말입니다."

"그런 말을 한 것 같기는 하군. 그게 왜?"

최 옹의 물음이 시험처럼 느껴진 건 왜일까?

하지만 그 의문을 금방 접었다.

'그가 나를 시험할 이유가 있을까?'

그저 내 대답이 궁금한 거겠지.

그건 나처럼 젊은 세대의 생각이기도 할 테니까.

"이런 말씀도 하셨지요. 요즘 애들이 신체 발달이 빠르다고요."

"응? 내가 그런 말을 했었나? 어쨌거나 그건 뭐 사실이니."

"그래서 이런 생각을 했습니다."

의식적이든, 무의식적이든, 그건 중요하지 않다.

말이라는 것은 그 사람의 생각을 품고 나온다.

"이것들이 한창 쓰일 때와 지금의 사람들의 신장이 다르다고요."

"그렇겠지."

평균 15㎝ 이상은 차이가 날 것이다.

눈앞의 대목장도 160이 될까 말까 하는 신장이지만, 그가 젊었을 때는 평균 신장이 아니었을까?

"그래서 눈높이를 맞추려고 쪼그렸다. 이 말인가?"

"네. 좌식 생활에 맞는 가구이기 때문이지요."

"그래서?"

"그때 선비들을 즐겁게 했던 무늬를 만나려면."

"만나려면?"

"그들과 같은 눈높이로 봐야겠지요."

"음."

최 옹이 침묵하며 수염을 쓰다듬었다.

전통가구는 불편하다는 말은 이래서 나오는 것이 아닐까?

최홍만처럼 거대한 사람에게는 세상 모든 것이 불편하지 않을까?

'하지만 모든 사람이 그처럼 크다면, 그것에 맞춰야겠지.'

일단은 살아남아야 후사를 도모할 수 있다.

500년을 호령하던 전통은 시대의 변화 앞에 마지막 숨을 헐떡이고 있었다.

'적어도 내가 보기에는 그래.'

우리는 전통이라는 말 안에 너무 많은 의미를 넣어버린 것이 아닐까?

정작 살아남아야 할 정신은 온데간데없고, 그 시절의 평균 신장에 어울리는 숫자들만 남은 것은 아닐까?

'장롱 다리는 몇 촌(寸), 문짝은 몇 척(尺).'

500년 전에 통용되던 기준이 아직도 먹힐까?

잠시 후, 최 옹이 물었다.

"그렇게 보니, 좀 다르게 느껴지던가?"

"당연하지요. 고개를 좀 더 숙이니, 은은하고 소박한 느낌이 살아나더군요. 눈부시기만 하던 무늬가 은은한 빛을 내뿜더라고요."

보는 방향에 따라서 색은 천변만화한다.

단지 눈높이와 방향이 약간 달라진 것만으로도, 다른 풍경을 감상할 수 있다.

256색이 아닌, 그 만 배의 풍부함으로 말이다.

"그렇던가?"

"그리고 마음이 편해졌습니다."

"그래. 전통은 그런 거야. 마음이 편해지는 거야. 수백 년 내려온 전통이 결코 헛되지는 않아."

대목장의 한숨 섞인 말이었다.

"그 시대 작품들과 교류를 하려면 눈높이를 그들과 동일하게 해야 하더군요."

"그렇게도 볼 수 있겠군."

'최 옹은 몰랐을 수도 있겠군.'

그에게는 자신의 눈높이가 조선시대의 그것과 같을 테니 말이다.

내가 안다고 해서 다른 사람도 모두 알 것이라 생각하면 그것은 오산이다.

'그는 편하지만, 다른 사람은 불편했던 것처럼.'

하지만 그건 전통가구를 보면서 즐기는 법이다.

보는 것은 물론, 실생활에서 즐길 수는 없을까?

최 옹이 물었다.

"하고 싶은 말이 더 있는 것 같구먼."

"다르게 말하자면 이렇게 말할 수도 있습니다."

"어떻게?"

"전통이 이 시대와 교류를 하려면 지금의 눈높이에 맞추면 되지 않겠습니까?"

"말이야 하기 나름이지."

'행동도 하기 나름입니다.'

"어르신."

"왜 그러나?"

"저는 전통 건축을, 전통 가구를 살리고 싶습니다."

"……."

최 옹은 아무 말이 없었다.

숨이 꼴딱꼴딱 넘어가는 걸 보고 살아있다고 말할 사람이 얼마나 있을까?

"하지만 저는 우리 것이 무조건 좋다는 주의도 아닙니다."

"젊은 세대들이 다 그렇지."

최 옹의 작은 투정이었다.

그러나 이것을 비단 젊은 세대의 문제라고만 치부할 수 있을까?

눈높이가 10㎝가 높아지는데, 그 보이는 시야가 과연 똑같을까?

그 장인이 어디에 가장 신경을 썼는지를 알 수 있어야, 그 시대의 작품과 커뮤니케이션이 이루어지는 것이 아닐까?

"하지만 일방적인 것은 소통이라 할 수 없지요."

그건 지나간 조상들의 방식을 강요하는 것일 뿐이리라.

강요에 의한 정착은 진정한 의미의 성공이 아닐 것이다.

어쩌겠는가?

마음은 편해지나, 몸은 불편한 것을!

"일방적이라니? 뭐가 말인가?"

그에게 물었다.

"조선의 선비들이 가구에서 가장 아름다운 부분을 보기 위해 눈을 이리저리 맞추며 자세를 잡았을까요?"

내 말에 최 옹이 작은 소리로 웃었다.

생각만 해도 우습지 않는가?

근엄하게 글공부 하던 선비가 머리를 식히려고 장롱을 보다가 가장 아름다운 부분을 보기 위해 고개를 이리저리 돌린다는 게.

'체통 없게 시리.'

"선비들이 가장 많이 하는 자세가 양반다리이니, 장인들이 오히려 양반다리를 했을 때, 가장 아름다운 모습이 보이도록 작품의 포인트를 안배하지 않았을까요?"

최 옹이 고개를 끄덕였다.

"당연히 그랬을 테지."

그때도 가능했는데, 지금은 안 될 이유가 없잖아!

'왜? 지금 사람들은 고고한 선비가 아니라서? 어디서 돌 맞을 소리를.'

인간의 편의를 위해 만든 가구일진대, 지금은 전통이라는 허울을 쓰고 사람들 머리 위에 올라서서 지시하고 있다.

'나는 전통이다. 나를 지켜야 한다. 그것이 한국인의 의무이다. 그러려면 '이래라 저래라! 이렇게 해야 한다. 저렇게 해야 한다!'

누가 돈 주고 잔소리꾼을 사겠는가?

그러나 이런 말을 최 옹에게 할 수는 없었다.

'최 옹의 가슴에 대못을 박을 수는 없잖아.'

전통을 지키고자 하는 사람들을 비난하는 것은 아니지만, 그들에게는 그렇게 들릴 것이다.

'오히려 타박을 받겠지. 이걸 지키려고 얼마나 많은 것을 희생했는지, 네가 알기는 하느냐?'

시대를 잘 타고나 조선시대에 태어났다면, 뛰어난 장인으로 칭송을 받았을 사람들이 아닌가?

그들의 숭고한 정신은 충분히 칭찬할 만하다.

아무도 걷지 않으려는 가시밭길을 책임감과 의무감으로 걷고 있는데, 누가 돌을 던지랴?

"사람은 변했는데, 전통은 변하지 않았습니다."

대중에게 다가가려는 필사의 노력보다는, 자신들의 노력을 알아주지 않음을 원망한다.

"전통은 변하지 않는 것이야."

'아! 돌아버리겠다.'

스스로의 틀 안에 갇혀 있다.

몇 백 년 전의 기준을 신주단지 모시듯 신봉한다.

그건 그렇게 이어져 내려왔기 때문이라 하겠지.

대문 옆의 석비가 떠올랐다.

'부모가 주신 터럭 하나를 보호하기 위해 머리를 통째로 내주는 거나, 작은 치수 하나를 고수하기 위해 전통을 고사시키는 거나 뭐가 다른가?'

"제가 보기엔 변화를 두려워하는 것 같습니다."

"그럴 수도 있겠지."

"스스로의 껍질을 깨고, 무한 경쟁의 지옥으로 들어가야 하니까요."

"……."

"그럼 구매자들에게 눈높이를 맞추라고 할까요?"

이 말에 다시 최 옹이 침묵했다.

가구라는 작은 잎사귀 하나를 보는 데도 이런 노력이 필요하건만, 전통이라는 큰 줄기를 이해하려면 얼마나 많은 노력이 필요할까?

"어르신. 고객은 떠먹여줘야 먹습니다."

조선시대의 옷장을 제대로 이용하려면, 나처럼 185가 넘는 사람은 항상 고개를 수그려야 한다.

이용할까?

나라도 당장 꺼려질 것이다.

나를 위해 존재하는 가구이지, 가구를 위해 내가 존재하는 것은 아니지 않던가?

많은 고객 중에서 영향력 있는 자들은 특히나 입맛이 까다롭다. 그리고 그들은 유행을 선도한다.

최 옹에게 말했다.

"변화가 필요한 시점입니다.

잠시 후, 대목장이 물었다.

"공방을 열어서 어떻게 할 참인가? 그에 대한 계획은 서 있겠지."

"기본적으로는 대목장의 지도 방식을 따를 예정입니다만."

"……다만?"

"저는 제일 먼저 보는 법을 가르칠 것을 부탁드립니다."

"나무 다루는 법이 아니고?"

"눈이 앞서가지 못하면, 손은 당연히 따라가지 못합니다. 소경이 조각하는 거 보셨습니까?"

아무리 손이 발달을 했어도, 눈으로 보고 조각하는 것과 손의 감각으로 하는 것은 천지차이.

"아는 만큼 보이고, 보는 만큼 느끼죠."

눈으로 보고, 스스로 찾아가기 시작하는 것.

그것이 교육의 첫걸음이 아닐까?

전통이 얼마나 아름답고 유용하며, 어떻게 봐야 하는지만 알게 해 주면 된다.

"보는 것만으로 될 거라 생각하나?"

"스스로 필요하다 느끼면 자발적으로 찾겠죠."

모든 것은 자기 자신에게서 시작되어야 한다.

제대로 보는 법만 알아도 일할은 건지지 않을까? 어떤 결과로 건져질지는 나도 모르지만.

"눈이 열리면 다른 세상도 보이겠지요."

"음. 그렇군. 자네 생각을 존중하도록 하지. 가급적이면."

최 옹과 아들이 일어섰다.

"건방진 말씀을 들어주셔서 감사합니다."

"잘 들었네. 어흠. 아범은 공구 챙겨두고 방으로 들어오너라."

최 옹이 자리를 떴고, 아들이 내 등을 토닥였다.

"아버님도 항상 생각하고 계시던 거니, 너무 걱정하지 말게."

당장이라도 박람회에 참여해 줄 수 있겠냐고 묻고 싶었지만, 아직은 시기상조였다.

'지금 얘기해 봐야 역효과만 나오겠지.'

최 옹이 만족할 만한 결과가 나온 뒤, 그 대가를 요청해도 늦지 않으니라.

그리고 이튿날.

달갑지 않은 손님이 찾아왔다.

61장
3학년 2학기(3)

"시에서 사람이 온다면서요."

민수 큰아버지가 고개를 끄덕였다.

"그런데 어르신 표정이 왜 저러신 겁니까?"

찌뿌둥한 표정의 대목장이 마당을 거닐고 있었다.

'혹시 내가 어제 한 말 때문에? 그게 그렇게 기분 나쁠 말은 아닌데.'

내가 아는 대목장은 그렇게 속이 좁은 사람이 아니었다.

내가 대목장을 만나러 온 이유?

'내가 어제 너무 건방진 말을 했었지. 좀 더 시간을 들였어야 했는데.'

말을 하다 보니, 속내를 드러내고 말았다.

지금 와서 입을 쳐 봐야 어쩌겠나?

이미 뱉어버린 말을!

'조금 더 조심해야겠어. 말하는 사람과 듣는 사람의 입장이 다르면, 비난처럼 들릴 수도 있으니까?'

막말로 어제 내가 한 말은 '지금까지 전통을 지켜 왔다고 했으면, 이게 제대로 지킨 것이냐?'하는 질책이 될 수도 있었다.

최 옹은 별말 없이 안방으로 들어가 버렸지만, 그와 아들 간에 어떤 이야기가 오갔는지 내가 어떻게 알랴?

그래서 탐색차 갔던 것인데, 최 옹의 얼굴이 어두웠으니 내 걱정이 깊어질 수밖에.

"아버님께서 작년에 공방을 열겠다고 시에 홍보를 해달라고 했는데, 쓸데없는 짓 하지 말라는 핀잔을 받고 오셨거든. 그런데 쓸 돈이 어디 있냐고 말이야."

그렇게 거절했었는데, 지금 사람이 찾아왔다고?

"이게 우연일까요? 아저씨?"

정상적으로 진행이 되었다면, 울산 시장에게서 연락이 왔을 것이다.

하지만 시장에게서는 아직 연락이 없었다.

최 옹의 아들이 입맛을 다셨다.

"우연이라고 하기에는 타이밍이 묘하군."

"그럼 좋은 결과가 나오지 않겠군요."

"아마도 그렇지 않겠나? 그때도 그 일로 속이 많이 상하셨다네."

최 옹의 아들도 얼굴이 어두워졌다.

쥐색 양복을 입은 사람이 마당으로 들어왔다.

"박 과장이 무슨 일······."

다짜고짜 인사말도 맺기 전에 그가 물었다.

"어르신. 공방을 여신다면서요?"

최 옹이 언짢은 표정으로 물었다.

"그런데?"

"그런 일이 있으면 제게 먼저 연락을 주셔야 되는 것 아닙니까?"

최 옹의 얼굴이 살짝 붉어졌다.

"내가 내 공방을 여는데, 시의 허락을 받아야 하는 건가?"

"어르신. 그건 그때 안 된다고 했잖습니까?"

대목장의 노성이 터져 나왔다.

"공방을 여는 걸 허락을 받아야 하나? 그리고 내가 자네에게 자금 지원을 해달라고 했는가?"

"또 세상 물정 모르시는 소리 하시네요. 어르신."

"세상 물정을 모르다니?"

"사람들이 욕합니다. 시 차원에서 지원을 해드린 게 있는데, 은혜도 모른다고 말입니다."

"뭐라? 은혜?"

"어려운 재정 쪼개서 지원해 드렸더니, 그걸 입 싹 닦고, 다른 시와 교류를 하시겠다는 겁니까?"

"뭐라 입을 싹 닦아?"

"그렇잖습니까? 제가 그거 때문에 얼마나 곤경에 처했는지 아십니까?"

"무슨 곤경에 처했다는 말인가? 내가 불법이라도 저질렀나?"

"왜 공방 여는 얘기를 제가 아니라, 다른 시의 사람에게서 들어야 하느냐고요. 너무 하신 거 아닙니까? 어르신!"

어이가 없어서 웃음도 안 나왔다.

'어디서 한소리 들은 모양인데.'

시에서 지원하는 금액을 제 손 거쳐 준다고 생색을 내고 있었다.

옆에서 듣고 있던 대목장의 아들에게 물었다.

"지원을 한 수백억 해 줬나 봅니다."

비웃음이 담긴 말에 그는 멋쩍은 웃음을 지었다.

"무형문화재라고 해서 나라에서 나오는 지원금이 있다네. 옹기장이나 대장장, 뭐 그런 것들 있잖나."

"아. 그 국가지원금요? 얼마나 되는 데요?"

나야 받아본 적이 없으니, 액수를 알 수 없었다.

"아버님과 나, 둘이 합해서 월 125만 원을 지원 받는다네."

아마 대목장은 좀 많이 받을 것이고, 전승자는 반도 안 되게 받을 것이다.

"대략 어르신 90에, 아저씨 35쯤 되겠네요?"

그가 고개를 끄덕였다.

'개뿔!'

내가 3D로 공모전 한 건 하면, 얼추 이 두 분 연봉이 나온다.

"남이 들으면 엄청나게 지원받은 줄 알겠습니다. 저렇게 은혜 어쩌고 하는 걸 보면 말입니다."

"어쩌겠나. 받은 것은 사실이니."

속으로 공무원을 응원했다.

'그래. 더 해. 더!'

저 건축 담당자의 말이 나오면 나올수록 나는 속으로 웃음이 나오는 것을 멈출 수 없었다.

경주에 정이 떨어질수록 울산으로 옮기기가 쉬워질 테니까.

'그런데 듣다 보니, 기분이 나쁘네.'

경주 시장의 의도 여부는 내 알 바가 아니었다.

'철밥통'의 위상이 하늘을 찌르는 시기였다.

IMF 이후, 공무원의 인기가 수직으로 치솟지 않았던가?

그리고 그들의 무사안일주의는 이후로도 계속 변하지 않겠지.

그저 상사에게 타박을 받아서 화가 났고, 힘없는 대목장은 만만해 보였으니, 저런 행동이 가능하지 않았을까?

'당신이 보기에는 둘이 합쳐 125만 원짜리 월급쟁이겠지. 그것도 시에서 월급을 주는.'

'공무원도 월급쟁이려니, 불쌍하구나' 하며 이해를 하려 해도 치밀어 오르는 화를 참기 어려웠다.

"기분이 더럽네요."

내 말에 최 옹의 아들이 작게 한숨을 내쉬었다.

"어쩌겠나. 이게 우리 현실인 걸. 사실 어제 아버님께서 자네 말을 듣고 많이 기뻐하셨다네."

"정말입니까?"

"그럼. 내가 자네에게 농을 할 이유가 있겠나?"

그럼 나쁜 결론이 나지는 않았겠지.

안도의 한숨을 내쉬었다.

'그럼 내 문제는 해결됐고, 저 문제를 털어 볼까?'

그 사이에도 공무원의 언성은 높아지고 있었다.

"이런 식으로 하시면서 지금까지 받은 지원을 제대로 받기를 원하십니까?"

'공무원이 벼슬이냐?'

전통이라면 더 존중을 해야 할 경주에서.

왜냐고?

경주는 신라시대의 유물이 경제를 떠받치는 비율이 높은 도시니까.

'윗사람에게 욕을 먹었는지는 몰라도, 여기서 이러는 건

예의가 아니지.'

나는 어떻게든 모셔가기 위해서 안절부절못하며 대목장의 눈치를 보고 있었다.

'그런데 어디서 듣보잡이 튀어나와서 대목장을 깔아뭉개?'

내가 모욕을 당하는 기분이랄까.

둘 사이에 끼어들며, 공무원에게 물었다.

"만약 경주에서 대목장 일을 안 하겠다고 하면 어떻게 되는 겁니까?"

그가 내게 고리눈을 떴다.

"그게 무슨 말인가?"

"무형문화재는 이사도 못 가느냐고 묻는 겁니다."

"경주에서 뿌리를 잡았는데, 어디를 간다는 건가? 당연히 경주를 위해 일해야지."

그 말에 내 미간이 찌푸려졌다.

'공산주의냐? 북한이냐?'

"당연히…… 요?"

"당연하지. 그러는 자네는 뭔가?"

"견학하러 온 학생입니다."

"학생이면 학생답게 견학이나 할 것이지, 어디 어른 말하는데 끼어드는가?"

갑자기 한숨이 팍 나왔다.

작은 소리로 중얼거렸다.

"어른. 어른이라……."

임금은 임금답고, 아비는 아비답고, 어른은 어른다워야 한다.

'적어도 나이대접을 받고 싶다면 말이지.'

내 땅에서 난 것이니, 내 거라는 논리와 뭐가 다른가?

노력하지 아니하고, 주인 됨을 내세움은 어인 논리인가?

공무원은 국가이고, 국가에서 월급을 받으면, 그 사람들은 공무원의 마름인가?

'뒤집어 엎어버리고 싶네.'

꿈틀대는 미간을 진정시키며 전화기를 들었다.

시장에게 전화를 걸었다.

이런 미개한 곳에 내 소중한 것들을 놔둘 수는 없었다. 단 한순간이라도.

한 사람을 보고 모든 것을 판단하는 것 아니냐고?

'미안하다. 속이 좁아서.'

착신음이 들리자, 버럭 소리를 질렀다.

"시장님. 무슨 일을 이렇게 하시는 겁니까?"

-엥? 왜? 뭔 소리냐? 성훈아?

시장의 어리둥절한 음성이 들려왔다.

뜬금없이 날벼락을 맞은 듯한.

공무원의 눈초리가 묘해지더니, 내 전화에 귀를 쫑긋 세웠다.

똥파리 쫓듯 팔을 휘휘 저었다.

"가세요. 당신네 시장 아니니까!"

그가 내게 인상을 팍 썼다.

'제발 덤벼라. 아구창을 박살 내 줄 테니까.'

어느 시장이 되었든, 자신보다는 높은 분이리라.

그는 시장이라는 말에 긴장을 했는지, 주위의 눈치를 몇 번 보고는 총알같이 사라졌다.

"시장님이 일을 만드셨으니, 직접 수습하세요."

자초지종을 들은 시장이 헛웃음을 뱉었다.

―허. 경주 시장, 그럴 줄은 몰랐는데, 완전 뒤통수 맞았네! 허허. 이거 참.

시장도 예상하지 못했겠지.

그는 그렇게 허술한 사람이 아니었다.

나도 그저 화를 풀 곳이 필요했을 뿐이다.

대목장을 보며 머리를 숙였다.

"잠시 통화 좀 하고 오겠습니다."

"알겠네."

그리고 대목장이 말을 이었다.

"아범아. 대문에 소금 한 바가지 뿌리고, 안으로 들어오너라. 에잉!"

집 밖으로 나와서 통화를 이어갔다.

-성훈아. 경주 시장이 무슨 생각을 하는지 몰라도, 그 양반은 못 해.

"왜요?"

-그럴 능력이 안 돼!

"정말입니까?"

사실 어제까지 경주에 대한 죄책감이 있었다.

'내 것이라고 생각하고 있던 걸 어느 날 빼앗기면 기분 나쁘지 않겠어?'

자신이 얼마나 신경 써서 관리했던지, 아니면 무관심하게 내팽개쳤던지, 그건 차후의 문제다.

그 순간 느끼는 감정은 있던 것이 없어졌다는 상실감일 테니까.

내가 안 먹어도 남 주기는 아까운 것이 있다.

'공방을 오픈하는 것부터 그 이후의 일까지 책임질 능력이 된다면, 나도 약간은 고민을 했겠지. 남의 파이를 훔치는 것이 아닐까 하고 말이야.'

시장의 단호한 말에 그 죄책감이 사라졌다.

내 눈에는 능력을 떠나서 의지도 없어 보였다.

그저 자기 것에 대한 집착 뿐.

소유할 능력이 없는 자가 보물을 가지면, 보물도 망가지고 주인도 해를 입는다.

"그런데 왜 그랬을까요?"

—그러게 말이야. 그 친구는 내가 했으니, 자기도 할 수 있다고 생각하나봐. 제 가랑이 찢어지는 줄도 모르고 말이야.

"음……."

시장이 뜬금없이 내게 물었다.

—설마? 경주 시장에게 붙으려고 하는 것은 아니겠지?

"왜 그런 생각을 하세요?"

—왜는 왜야? 자네가 거기에 신경 쓰는 게 보통은 넘어보여서 그런 거지.

'어제 통째로 들어서 울산으로 가져갈 거라는 말을 했어야 하나? 그럼 이런 말도 안 들었을 텐데.'

하지만 그에게는 먼저 언질을 해두는 것이 좋을 듯 싶었다.

내가 데리고 가는 거라고.

내가 쓸 데가 있어서 데려가는 거라고.

'만나서 언질을 확실히 받아야겠군.'

"그럴 생각 전혀 없습니다."

—정말이지?

"정 걱정되시면, 경주나 한번 오십시오."

—거기는 왜?

"시장님."

은근한 내 말에 시장도 목소리를 낮췄다.

—아따. 노인네 긴장시키지 말고 있는 대로 털어놔 봐!

"전 지금 봉황을 털도 안 뽑고 삼킬 방법을 말씀드리는 거라고요."

─정말이야? 어떻게 하면 되는데.

지금의 시장은 내가 팥으로 메주를 쑨다고 해도 믿을 것이다.

나와 함께 한 후, 그의 가장 큰 즐거움은 시정을 돌아보는 게 되었으니까.

오르는 지지율과 시장에 대한 칭찬에, 어느 때보다 성실하게 시민들의 목소리를 듣고 있었다.

목소리라기보다는 칭찬이라고 해야 할까?

시장이 말했었다.

"그게 다 성훈이 네 덕분이다."

처음 프랭크와의 대담을 제안했던 것도 나였고, 그 이후, 건축가들을 모아 공모전을 했던 것까지.

지금의 지지율은 내 제안을 따른 덕분이었다.

"경주 시장은 직접 오지도 않고 사람을 보냈는데, 만약 시장님이 직접 오셔서 공방을 후원하겠다고 제안하면 어떻게 될 것 같습니까?"

─ㅎㅎㅎ.

사람을 감동시키는 것은 정성이다.

대답이 필요할까?

가난한 경주에서는 푸대접을 받는데, 돈 많은 울산에서는 칙사 대접을 받을 수 있다고 해보라.

천하태평 제갈량도 삼고초려면 충분했는데, 곤궁에 처한 대목장을 거기에 비할까?

"제대로 한 번 인사 하시면, 대목장을 울산으로 모시고 가는 일이 훨씬 더 쉬워질 것 같습니다."

-아예 데리고 온다고?

"경주 시장을 거치는 것보다 그게 낫죠."

-당연히 그렇지.

"경주 시장은 그 가치를 전혀 알지 못 하네요."

-돼지 목에 진주 목걸이지. 그리고 그 인간, 돈 엄청 밝혀. 안 돼!

"네. 적어도 제가 보기에는 여기 있으면, 될 것도 안 될 것 같네요."

-흐흐흐. 지지율 올라가는 소리가 들리는군.

"사실 저는 현재 진행 중인 도시정책보다, 전통의 복원사업이 훨씬 더 시의 미래를 위해서는 좋다고 생각합니다."

물론 나의 미래를 위해서도 반드시 그렇게 되어야 한다.

-듣고 보니 정말 그렇군!

"한두 해의 미래가 아니라, 수십 년 뒤를 봐도 마찬가지입니다."

-그런데 내가 전통건축에 대해서 뭘 알아야…….

'당신에게 전통건축을 원하는 것이 아니거든요.'

그리고 입만 열면 지지율을 말하는 시장은 아무 말 않는 게 돕는 겁니다. 병풍처럼.

"시장님은 가만히 앉아만 계시면 됩니다. 나머지는 제가 알아서 할게요."

이만큼 정성을 기울인다는 것을 대목장이 인식하는 게 중요하거든.

그저 와 있는 것만으로도 도움이 되는 사람.

그런 사람이 내게는 시장이었다.

"그리고 오셔가지고, 제발 아무 말도 하지 마세요. 아셨죠?"

-왜? 나 시장이야!

"지지율 어쩌고저쩌고 하시면, 저 이거 다른 사람이랑 할 겁니다."

시장의 머릿속에 지지율 말고 뭐가 더 있겠는가?

-끄응. 알았어. 내일 당장 갈 테니, 잔소리 좀 하지 말게. 이 친구야.

그렇게 통화를 끝냈다.

하지만 시장이 뒤통수를 맞은 채 끝낼까?

무슨 어림도 없는 소리를.

자신이 당한 것의 몇 배로 보복하겠지.

'그는 그런 길을 걸어온 사람이거든.'

자신을 호구로 보는 자는 절대로 용서하지 않지.

'경주 시장님. 명복을 빌어드립니다.'

당신 삶에서 정치 인생은 끝난 것을 애도하며.

그 행동은 오히려 내게는 호재로 작용했다.

엎드려 절을 해도 시원찮은 결과이지만, 그는 내게 감사를 받지 못할 것이다.

어부지리(漁父之利)를 취했다고 해서, 어부가 조개와 황새에게 절을 하지 않는 것처럼.

'크크크.'

웃음을 만면에 지으면서 복수를 준비했다.

'뭐가 되었든, 당신 뜻대로는 절대로 되지 않을 것을 약속하지.'

힘들여 준비한 남의 만찬을 손도 안 대고 들고 가려 하다니.

'대목장을 이용하려는 면에서는, 경주 시장이나 나나 별다를 바 없는 인간인 건가?'

이런들 어떠하리. 저런들 어떠하리.

그 하나 괴롭혀서, 대목장에게 사이다를 선사할 수 있다면, 나는 어떤 일이라도 할 각오가 되어 있었다. 모셔가는 길의 축포라고나 할까? 경주 시장에게는 분통 터지는 일이 되겠지만.

오늘의 사건으로 인해 최 옹은 경주에 대한 기대를 버렸을 것이다.

그게 경주 시장의 의도이건 아니건, 그건 중요하지 않았다.

대목장이 군이 전통건축을 경주에서 할 이유가 있는가?

하나가 있다면, 살아온 정이겠지.

뭐든 중요한 건 사람이지. 지역이 아니니까.

'흠. 담양의 죽공예 장인이었다면, 어려움이 있었을지도 모르지만, 대목장은 그것도 아니잖아.'

역사의 흐름이란 이런 것인가 할 정도로 딱딱 '아다리'가 맞는 느낌이다.

'당신이 놓친 병아리가, 아예 다른 종이란 것을 확인하게 해주지. 그건 닭 따위가 아니라, 봉황이라고. 겨우 당신 따위가 깔볼 수 있는 존재가 아니라고!'

내 것의 소중함을 모르는 사람이 누구를 대표하고, 누구를 돌본다는 말인가? 잘만 가꾸고 그 역량을 끄집어낸다면, 오 병이어의 기적이 부럽지 않을 전통이다. 대목장을 전면에 내세우는 것은 전통 발굴의 시작에 불과할 뿐이다.

'현대 건축과 잘 매치시키면……. 흐흐흐.'

잘만 부풀리면 배가 터져버릴지도 모르는 무한 가능성의 파이를 베이킹 소다로 숙성시키지도 않고, 그냥 삼키려 하다니.

먹을 줄 모르는 사람에게는 최상의 식재료라도 그저 고깃덩이에 불과할 뿐이다.

'내 입장에서는 차라리 잘된 일이지.'

총장은 내가 이 공방과 대목장을 데려간다고 하면, 얼씨구나 하고 춤을 추겠지.

그는 가치를 제법 정확히 꿰뚫는 능구렁이 같은 작자니까.

오히려 내가 제시한 것보다 더 좋은 조건을 대목장에게 제시할지도 모른다.

'그게 내가 직접 와서 모셔가는 이유라고. 다른 사람에게 시키는 것이 아니라.'

넋 놓고 있다가 총장에게 빼앗기지만 않는다면, 이후 내가 하고자 하는 일에 있어서, 나는 총장보다 우위에 설 수 있을 것이다.

내가 제시할 수 있는 게 훨씬 더 많아질 테니까.

다시 수화기를 들었다.

"김 기자님. 울산신문에 부탁했던 것, 얼마나 진행되었을까요?"

─음……. 아직 연락을 못 해봤네. 알아보고 연락 줄까?

"아뇨. 바로 저한테 연락 달라고 하세요."

─알았네. 금방 연락하지. 그리고 말이야. 성훈 씨.

"네."

─그쪽도 반성 많이 하고 있으니까, 적당히 봐 주라고.

"이번에 하는 것 봐서요."

전화를 끊었다.

용서하고 말고가 있을까?

'쓸 만하면 쓰지 말라고 말려도 품고 가는 거고, 가치가 없으면 그것만으로도 용서가 안 될 텐데.'

김 기자의 말을 들었을 때는 최대한 내 편의를 봐줄 거라는 식으로 말했는데, 그것은 결과가 말해 줄 것이다.

정말 나와 잘해 보고 싶은 마음이 있다면, 정성을 다했을 것이고, 그렇지 않다면, 그저 형식적인 조사로 끝을 냈겠지.

'하지만 어제 말했는데, 얼마나 진행이 되었을까?'

큰 기대는 하지 않기로 했다.

그저 매스컴과는 적이 되지 않는 것도 큰 재산이었으니까.

잠시 후, 전화벨이 울렸다.

─성훈 씨. 울산신문 홍 기자입니다. 전화 달라고 하셨다고요.

"네. 대목장에 관한 기사들, 어디까지 진행되었는지 궁금해서요."

─내 밑에 후배들 몽땅 동원했습니다.

'그래서요? 결과는요?'

듣고 싶은 말은 하지 않고 생색부터 내네.

내게 잘 보이고 싶은 마음, 모르지는 않지만, 이건 좀 앞서 나가는 거잖아.

냉랭한 내 반응에 그는 뻘쭘했던 모양이다.

-하하하. 지금 거의 다 정리가 됐습니다. 계신 곳으로 팩스 보내드릴까요?

'어! 예상외네?'

"벌써요?"

물어보는 내 목소리에 반가움이 서려 있었다.

사실 시간이 좀 넉넉할 거라 생각했는데, 시청 직원의 등장으로 상황이 급해졌다.

'제대로 엿을 먹이려면 타이밍이 제일 중요하거든.'

누군가에게는 최고의 순간이, 다른 사람에게는 최악의 순간일 것이다.

그리고 타이밍이 딱 맞으면, 뼈아픔은 배가된다.

'시장이 배 아플수록 최 옹의 어깨도 올라갈 테니까, 그 순간을 놓치면 아깝잖아.'

　-사실 성훈 씨가 준 정보 덕분에 가능했습니다.

"음. 그게 무슨?"

　-소문이라고 하셔서. 틀릴지도 모르고, 시간이 없으니, 기자 한 명으로는 시간을 맞출 수 없을 것 같더라고요.

"그래서요?"

　-말씀하신 곳으로 기자들을 총동원해서 다 내보냈습니다. 그러면 소문이 틀려도, 몇 개는 건질 거 아닙니까? 그랬더니.

"그랬더니요?"

–그 소문이라고 하신 것이 다 맞는 겁니다.

잠시 그가 말을 멈췄다.

'뭐지?'

–아직도 그걸 생각하면, 저는 소름이 끼칩니다. 기자라고 한다면 기가 막힌 감 아닙니까? 한 군데도 아니고, 다섯 군데가 넘었는데. 으으으.

'정확할 수밖에 없지 않나? 엄연히 미래에 존재했었던 사실인데.'

단지 나에게 잘 보이기 위해 하는 말은 아닌 것 같았다.

그렇게 보기에는 홍 기자의 목소리가 너무 흥분되어 있었으니까.

–어디서 그런 소문, 아니, 정보원을 구하신 겁니까? 저한테도 소개 좀 해 주십시오.

그의 말에 피식 웃음이 나왔다.

'절대로 구할 수 없을 겁니다. 눈에 보이지 않으니까.'

미래에서 듣고 왔다고는 말할 수 없지 않는가?

미래에서 그 기사를 찾은 사람에게 미안하지 않느냐고?

물론 10년 이상 뒤의 이야기이도 하지만, 그런 정도의 능력과 열정이 있는 사람이라면 뭐가 되도 되어 있을 것이다.

'그러니까 미안한 마음 따위는 없어.'

대목장의 업적과 관련된 정보는 딱 필요한 만큼만 적당하게 이용하면 된다. 소문의 출처는 말해도 믿지도 않을 테지만.

한참 너스레를 떨다가, 내가 말이 없으니 다시 목소리를 낮췄다.

-죄송합니다. 제가 너무 앞서갔군요.

"기자님. 제가 듣고 싶은 것은 결과입니다. 그리고 어떻게 이렇게 빠른 조치가 가능했는지 하고 말입니다."

-하하. 그렇지요. 어제 말씀을 전해 듣고, 바로 파견을 보냈습니다.

"오. 상당히 발 빠르십니다."

-그야, 성훈 씨 일이 아닙니까? 그리고 긴급이니까, 돌아와서 보고하지 말고, 바로 그 자리에서 기사 작성해서 팩스로 넣으라고 했거든요.

"음. 신경을 많이 써 주셨군요."

그가 듣고 싶었던 말이 이거겠지.

자신의 노고를 알아주는 것.

'눈앞에 있었다면 분명히 웃으면서 손사래를 쳤을 거야.'

-그래서 제가 지금 편집 중이었습니다. 아직 완전히 끝난 것은 아니지만, 원하시면 바로 넣어드리겠습니다.

그로서도 최대한 성의를 보이고 싶었던 거겠지.

결과가 미흡했다면 그런 자신감을 보일 수 없었겠지만, 그의 목소리에는 자신감이 서려 있었다.

"감사합니다. 일단 나머지 이야기는 원고를 읽어보고 말씀을 드리죠."

더 들어봐야, 얼마나 열심히 노력했는지 듣는 것밖에 없었다.

⟡

"흠. 애매하네."

기사를 읽어본 결과였다.

못했다고 말할 수는 없는데, 잘했다고 하기에는 좀 과도한 문장들.

최 옹의 업적들을 띄우는 것에 중점을 두다보니, 너무 과하게 최 옹이 드러나고 있었다.

'이래서는 울산신문에서 최 옹을 의도적으로 칭찬한다는 게 보이잖아.'

과유불급이라 했다.

뭐든지 과하면, 반작용이 따른다.

'남 잘되는 것을 눈꼴 시려하는 사람은 어디에나 있으니까. 분명히 최 옹에게 돈이라도 받아먹었냐면서, 반대 기사가 나올 거야.'

기자(記者)는 글로 먹고사는 사람이다.

그런 자에게 이래라저래라 하는 것은 좀 걸렸지만, 어쩔 수 없었다. 나는 내가 보고 싶은, 대중에게 보여주고 싶은 기사를 쓰고 싶은 것이지. 단지 울산신문에게 특종을 안겨주려고 하는 건 아니니까. 뒤에서 욕을 먹더라도 할 때는 확실하게 해야지.

스스로 자위했다.

'어차피 욕먹는 건 내 일상이잖아. 안 그래?'

세상일 어느 하나도 쉬운 건 없다.

그에게 전화를 걸었다.

"글은 잘 정리되어 있습니다."

ㅡ아. 네. 감사합니다. 뭔가 맘에 안 드시는 게 있는 모양입니다.

"솔직히 말씀드리면, 제 의도와는 좀 다르네요."

ㅡ어떻게 말입니까?

"서브리미널 광고라고 아십니까?"

ㅡ아. 알죠.

서브리미널 광고란 사람이 느끼지 못할 정도의 자극을 주어 잠재의식에 호소하는 것을 말한다.

영화를 보던 중간에 팝콘이라는 글자가 눈에 보이지 않을 정도로 휙휙 지나갔지만, 그 영화관의 팝콘 매출이 몇 배나 늘어났다는 말이 있지 않았던가.

"저는 그런 방식을 원합니다. 그게 신문사 입장에서도 부담이 덜하지 않습니까?"

ㅡ하지만 굳이 그렇게 할 필요가 있을까요?

"한 번의 이슈만을 원한다면 그렇게까지 신경 쓸 필요가 없죠."

-음. 구체적으로 말씀을 해주신다면 그대로 실행하겠습니다.

"저는 전통에 포인트를 맞추려고 했습니다."

-저도 그렇게 봤습니다.

"그리고 그 중심에 대목장이 있지만, 그분을 처음부터 너무 눈에 띄게 해서는 안 됩니다."

-전 이해가 잘 안 되는군요. 애초에 목적은 대목장을 띄우는 것이 아니었습니까?

이 부분에서는 말의 전달이 정확히 되지 않은 것 같았다.

'하긴 쉽지 않은 일이지.'

"제가 정말 하고 싶은 것은 사람들이 전통을 찾게 하는 겁니다. 공익광고처럼 사람들에게 보이는 것이 아니라, 사람들이 스스로 찾는 것 말입니다. 궁금하니까. 필요하니까."

-아. 그래서 서브리미널을 말씀하셨군요.

그 말에 고개를 끄덕였다.

"대목장이 처음 매스컴에 등장하는 것은 누군가가 등장시켜 주는 것이 아닌, 대중들이 원해서 등장하는 것이 되어야 합니다. 어쩔 수 없다는 듯이."

-그건 어떤 연유인지.

"남이 보여주는 것과 스스로 찾은 것의 가치가 같다고 보십니까?"

–신문사에서 그를 띄우는 것이 아니라, 대중들이 그를 원해서 기사를 추가하는 형식이 되겠군요?

"네. 바로 그겁니다. 여론 조사는 울산시에서 하게 될 겁니다."

–아!

"여론 조사가 나오는 날에 맞춰서 대목장의 기사를 터뜨리면 되겠지요."

–어떤 방식으로 하실 건지? 도저히 감이 안 와서.

"뭐 복잡하게 생각할 것 있습니까?"

–…….

"설문에서 이렇게 물을 겁니다. '전통 건축에서 아는 인물이 있는가?' 그리고, '없다면 알고 싶은 인물은 있는가?'라고요. 어떤 결과가 나올까요?"

–음…….

'전통에 일말의 관심이라도 있는 사람은 최소 절반 이상, 최 옹의 이름을 지목할 거라고 확신해!'

왜냐고?

이건 처음부터 그렇게 설계된 판이거든!

"기사의 순서는 제가 지정하는 대로 해 주세요."

–알겠습니다.

그는 거기에 대해서는 이의를 제기하지 않았다.

하지만 내게는 중요한 이유가 있었다.

'1편과 2편에 경주의 인물을 올려놨거든.'

내일 아침 조간에 1편이 올라갈 것이다.

경주 시장이 뭐라고 생각할까?

'대목장이 별거냐? 너 말고도 경주에는 그런 재원들이 넘친다.'

그리고 내가 바라는 것도 그것이다.

제발 다른 사람을 대안으로 생각하고, 대목장에 대한 집착을 버리라고.

'최초 몇 편으로 대목장을 중심인물로 떠올리기는 어려울 것이고.'

대략 5편, 5일 정도의 시간이 지나면 대목장의 중요성을 알게 되겠지만, 그때는 이미 울산시와의 협력제휴 약속이 끝난 후가 될 것이다.

'경주 시장님. 닭 쫓던 개 신세란 그런 겁니다.'

기사에 난 경주의 전통 장인은 포기할 거냐고?

'그분들이 알아서 대목장을 따라올 건데, 무슨 걱정이야.'

마음의 빚이란, 이래서 무서운 것이다.

대목장은 후배들에게 마음의 빚을 많이 지웠다.

대가를 바라지 않고 해준 일들이 오랜 시간이 지난 후, 존경으로 자라났다.

'은혜를 아는 사람은 배신하기 어렵지.'

은혜를 모르는 사람이 십몇 년이나 지난 일로 대목장에게 감사한다는 말을 했을까?

최 옹에 관한 추가적인 소문을 더 전해 주고, 통화를 맺었다.

"형. 통화 끝나셨어요?"

민수였다.

"응. 왜?"

"할아버지가 들어오라고 하시던데요."

"그래. 끝났다. 가자."

"나는 이해가 안 된다네."

최 옹이 말문을 열었다.

"자네처럼 능력 있는 사람이 나에게 그런 제안을 한다는 것이. 혹시 내게 신세진 것이 있었던가?"

"아닙니다."

"그럼 자네 춘부장께서?"

"그것도 아닙니다. 전혀."

"흠. 그럼 빚 갚기는 아니라는 말이고."

입을 오므리며 생각을 하던 그가 망설임 끝에 말을 꺼냈다.

"혹여⋯⋯. 우리 전통 장인들이 불쌍해 보이던가?"

목멘 소리였다.

자존심이 많이 상했으리라.

어찌 아니 그렇겠는가?

자부심과 사명감으로 평생을 버텨왔건만, 지금은 일개 시청 직원에게 무시를 당하고 있었으니.

'오해십니다. 불쌍해 보이다니. 제게는 돈의 산으로 보이는데요. 캐도 캐도 끝이 없는 금광산.'

하나 대목장은 총장과는 다른 인물이었다.

그만큼 전통에 대한 감정 또한 남다를 것이고.

'전통을 팔아먹겠다고 했다가는 멍석말이를 당하겠지.'

예감이 아닌 확신이었다.

당장 쫓겨나는 것은 물론이고.

'다된 밥에 코를 빠뜨릴 수야 없지.'

듣기 좋은 말을 머리에 떠올렸다.

'여기서 말을 잘 해야 해.'

"저는 투자를 하는 겁니다."

"투자?"

"저는 우리 전통이 저력이 있다고 생각합니다."

최 옹은 내 눈을 뚫을 듯한 눈으로 보고 있었다.

"그리 높이 봐 줘서 고맙지만, 다 죽어가는 것에 저력이 있을까?"

"드러나지 않았으니 저력이죠."

하지만 드러나지 않은 저력(底力)은 끝까지 저력으로만 남을 뿐이다.

"그 저력을 봐서 투자를 한다라⋯⋯."

언제 나올지 모르는 저력?

'난 전혀 기다릴 생각이 없거든.'

기다리긴 뭘 기다려!

기차냐?

장유유서, 순서 기다리냐?

끄집어내야 한다고.

한류 바람이 거칠게 몰아치기 전에.

미리 준비를 해 둬야 기류에 올라탈 수 있다고요.

"전 그 저력을 끄집어낼 겁니다."

그저 말만으로는 이해하기 어려웠던가?

그가 물었다.

"도대체 자네가 말하는, 그 저력이라는 것이 뭔가?"

"오백 년간 다듬어졌고, 일제치하의 위태로운 시기에도 결국은 살아남았습니다."

"하지만 지금은 죽어가고 있지 않은가? 그 힘이 다한 게지."

"저는 그렇게 생각하지 않습니다."

불씨 꺼져가는 초에게 '언젠가 넌 지금보다 더 찬란하게 불타오를 수 있을 거야.'라고, 희망 고문을 할 생각은 없다.

그럼?

지푸라기를 넣어줄 거다.

장작을 넣어줄 거다.

휘발유를 퍼 부어줄 거다.

'미친 듯이 타오를 거리를 만들어줄 거거든. 지금까지 어떤 역사에서보다 더 찬란하게 타오르도록.'

최 옹이 물었다.

"그럼?"

몇 년 뒤의 한류 바람은 설명하기 마땅치 않았다.

"지금의 전통은 그 힘이 미약합니다."

대목장의 고개가 끄덕여졌다.

"하지만 그건 조선시대 오백 년간 최고의 것이었습니다."

"음……."

"최고였기에 살아남은 겁이다. 다른 이유가 아니라, 아니,0 오히려 그저 그렇게 살아남은 것이 아니라, 외침을 당하면서 깎이고 뜯겨나가 그 정수만 남은 거지요."

'그리고 지금은 바람 앞의 촛불이구요.'

오백 년간 살아남은 것이 지금은 살아남지 못할 이유가 없었다.

세월을 못 이겨서?

시류를 잘못 읽어서?

그 아름다움을 알아주지 못하는 대중을 원망해 봐야 소용없다. 대중은 값싸고 편한 것을 원할 뿐이거든. 매끄러운 HPM 책상에 익숙해지고, 우레탄 도장에 익숙해진 우리 손은 '거칠지만 한없이 부드러운 감촉'을 알지 못한다. 지문으로 즐기는 가구의 촉감을 알지 못한다. 반복된 패턴에, 정형화된 색깔. 우리 세대는 불규칙한 무늬의 한없는 자유로움을 느껴본 적이 없다.

지문 사이사이로 파고드는, 손때 묻은 매끄러운 나뭇결의 느낌을 느껴본 적이 있는가? 세월이 흘러 본드의 접착력이 약해진 PB 판재와 비교가 될까?

그건 나무가 아니라, 나무를 가공하고 남은 찌꺼기들을 모아서 화학약품으로 붙인 것이다. 더럽고 냄새난다. 낡고 부서지면 불쏘시개로도 쓸 수 없다.

'그건 애초에 나무가 아니니까.'

반면 전통 장인의 손에서 태어난 가구는 세월이 지날수록 그 세련됨이 더해간다.

은은한 빛을 내뿜는다.

돈으로 환산할 수 없는 가치를 품고 있다.

"이 일에 제 시간을 투자하는 것은 그만한, 아니, 그 이상의 가치가 있을 겁니다."

확신에 찬 내 말에 최 옹이 고개를 끄덕였다.

"흠. 알겠네."

"자네 말을 들으니, 안심이 되는군. 그리고……."

최 옹이 다시 말을 이었다.

"그걸 실행할 능력도, 확실히 있어 보이는군."

무한 잠재력에도 불구하고, 아무도 눈여겨보지 않는 전통문화시장이기에, 나는 성공을 확신하고 있었다.

최 옹이 말했다.

"내 최대한 협조를 할 테니, 자네 계획대로 밀고 나가 보게."

민수와 함께 대목장의 방을 나왔다.

"형이 전통을 중요하게 생각하는 건 알았지만, 그렇게 생각이 깊은 줄은 몰랐어요."

"쩝. 번지르르하게 말은 했지만, 결국 결과만을 따진다면 나도 경주 시장과 다를 바가 없어."

'전통으로 이득을 취하는 거니까.'

"하지만 시장과는 다르잖아요."

"그건 맞아. 시장은 수고 없이 열매를 따먹겠다는 거고, 나는 나무를 키우겠다는 거니까."

"그럼 아예 생각의 시작부터가 다르죠."

"그래. 물론 결과도 판이하게 다를 거야."

전통이라는 나무의 열매를 풍성하게 하고, 그걸 다 같이 나눠 먹을 거거든. 장인들의 삶은 풍성해지고, 그 뒤를 잇는 자들 역시 그렇게 될 것이다.

"왜 그런 생각을 하신 거예요?"

"선망직업 1위가 공무원이나 '사'자 직업이 아니라, 전통 장인이 되는 시대를 만들고 싶었거든."

"헉. 대단한 꿈인데요?"

'물론 가장 많이 덕 보는 사람은 내가 될 거야.'

왜냐고?

내가 거름 주고 물을 뿌렸으니까.

'그건 나의 권리라고.'

한류의 바람을 타면서도, 그 바람에 돛을 폈던 것은 음식이었고, 드라마였고, 음악이었다. 한국 정부에서 국책 사업으로 미는 것이 아니냐 하는 루머가 돌 정도로 잘나갔었다.

하지만 나머지 분야에서 모두 그 혜택을 구가하지는 못했다.

"내 생각이 실현되려면 확실한 준비가 필요해."

"당연하죠. 준비 없이 무슨 미래가 있겠어요?"

하나 우리 전통의 십 년 후는 참담하다.

지금보다 더.

'넌 미래를 모르니까 그런 소리를 하는 거겠지.'

"전 전통 가구를 만들면서도 고민이 많았어요."

"왜?"

"과연 내가 만든 걸 사람들이 사용할까? 만들어도 쓰지 않으면, 사가지 않으면 아무 쓸모가 없잖아요."

"음. 맞아."

"그런데 형은 그런 방법을 알고 있는 거잖아요."

"누가 그러던데?"

웃음 섞인 내 농담에 민수가 말했다.

"형은 절대로 맨땅에 헤딩하지 않거든요."

녀석이 다 안다는 웃음을 지었다.

'녀석에게 네 할아버지를 이용해 먹을 거야. 라고 말할 수 있을까? 먼 훗날 이야기할 기회가 있겠지.'

"알면 나만 잘 따라와라."

"이제 고민이 없어졌어요."

"왜?"

"형이 전통의 저력을 끄집어낸다고 했잖아요."

"그런데?"

"형이 그렇게 만들어줄 거니까. 전 제가 하고 싶은 것만 하면 되는 거죠. 안 그래요?"

"그래. 믿고 따라와. 그렇게 만들어줄 테니까."

"역시 형은 할아버지와 함께할 자격이 있어요."

"뭘. 자격씩이나."

"할아버지도 저처럼 생각하셨을 거예요."

늘그막에 장인 혼을 불태운다는 의미인가?

'좋은 현상이지.'

민수의 어깨를 두드리며 말했다.

"가자. 할 일이 많다."

다음 날 아침.

울산 시장이 왔다.

그의 전용차 외에 버스 한 대도 같이 도착했다.

나와 보니, 삼십 명가량의 사람이 집 밖에서 웅성대고 있었다.

울산시와 함께 일하는 건축가들이었다.

"저분들은 다 뭡니까? 시장님?"

"엉? 이 친구들도 성훈이 네가 뭘 하는지 보고 싶다고 해서 말이야. 자기들이 따라온 거지, 오라고는 안 했어."

시장은 어깨를 으쓱하며, 허공으로 책임을 떠넘겼다.

한 교수의 목소리가 들렸다.

반가우면서도 고마웠다.

"야. 이런 데 왔으면 나부터 불렀어야지."

그는 이미 집을 한 바퀴 돌아봤는지, 내 뒤쪽에서 모습을 드러냈다.

그리고 내게 물었다.

"성훈아. 대목장 어르신 계시냐?"

"네. 교수님."

"그럼 얼른 들어가서 인사부터 해야지. 여보게들 들어가세."

초대하지도 않은 자들이 일방적으로 쳐들어와서는 인사를

하겠다고 설친다.

하나 그 모습들이 보기 싫지 않았다.

'내가 하는 일에 힘을 실어주려고 온 거잖아.'

시장을 비롯한, 수십 명이 마당으로 들어서자, 최 옹의 눈이 휘둥그레졌다.

시장이 얼른 다가가 최 옹의 손을 덥석 잡고 악수를 했다.

"아이고. 어르신. 반갑습니다."

'거참. 굽힐 때는 또 확실하게 굽힌단 말이야.'

시장을 모르는 최 옹이 나를 멀뚱히 바라본다.

"성훈 군. 이분은 뉘신가?"

"그분은 어제 말한 시장님이시고, 뒤의 분들은 저희 학교 교수님과 건축가들이세요."

"어. 엉. 그래. 뭐. 시장님?"

시장이 능글맞은 웃음을 지으며, 다짜고짜 그를 안방으로 떠밀었다.

그리고 대청에 사람들을 정렬시켰다.

"여러분. 일단 절부터 합시다."

사람들이 일제히 무릎을 꿇고 큰절을 했다.

대목장은 경황이 없는 듯,

"아이고. 아이고. 이러시면 곤란……."

하나 말을 끝맺을 정신이 어디 있는가?

상대가 절을 하면 자신도 해야 하는 법.

나이는 그가 많음이 확실하나, 어디에서도 이런 대접을 받아 봤겠는가?

그도 얼른 일어나 맞절을 했다.

그의 아들이 황급히 뒤를 따랐음은 물론이고.

'너구리 같으니! 처음부터 혼을 쏙 빼놓는구먼.'

시장은 '내가 당신에게 이렇게나 신경을 많이 쓰고 있소!' 하는 걸 인해전술로 보여주고 있었다.

시장이 나를 보며 눈을 찡긋했다.

'나 잘했지? 라고 얼굴에 쓰여 있네. 하하.'

그 장난스런 모습에 고개를 끄덕일 수밖에.

이 정도 임팩트로 다가왔으니, 경주 시장과는 처음부터 차이를 벌릴 수밖에 없으리라.

인사가 끝나고, 대뜸 한 교수가 말했다.

"대목장 어르신. 한승원입니다. 오매불망 만나 뵙기를 바랐는데, 이리 뵙게 되어 영광입니다."

대목장의 얼굴에 흐뭇한 웃음이 걸렸다.

"반갑습니다. 우리 민수 지도교수시라고요."

한 교수도 마주 웃으며 바로 용건으로 들어갔다.

"말씀 낮추시지요. 어르신. 실은 만나 뵈면 여쭤볼 게 있었습니다."

"물어 보시게."

그렇게 한 교수의 질문이 시작되었고, 그걸로 불이 붙은 전통 건축에 대한 논의가 이어졌다.

그리고 당연하다는 듯, 다른 건축가들도 눈을 빛내며 그 논의에 합류했다.

시장이 슬며시 빠져나와 내게로 왔다.

"난 저 친구들이 무슨 말을 하는지 하나도 못 알아듣겠어."

난 피식 미소를 지었다.

그럴 수밖에!

그들만의 건축 언어로 말하고 있었으니까.

병풍이나 하라고 불렀지만, 지금 시장은 꿔다 논 보리자루만큼도 못한 취급을 받고 있었다.

'하지만 확실히 제 역할은 완벽하게 하는군.'

시장이 물었다.

"오면서 오늘 아침 신문 봤다네."

"아. 그거요?"

"무슨 내용인지 벌써 아나 보지? 계속 경주에 있었으면서?"

그가 묘한 눈빛으로 내 얼굴을 살폈다.

'아차! 시장은 몰랐지?'

가급적이면 나와 대목장 사이에 다른 사람을 끼워 넣고 싶지 않았다.

대목장은 나와만 이어져야 한다.

'아직 확실한 유대관계가 없을 때, 날파리가 끼어들어서는

곤란하다고.'

시장이든, 총장이든 내게 만만한 사람은 아무도 없었으니까.

그리고 이 둘은 대세에 악영향을 끼칠 가능성이 있는 큰 파리거든.

지금이야 이용할 수밖에 없어서 가까이 하지만.

'저리 가! 왕파리야. 훠이! 훠이!'

시장이 능글거리며 말했다.

"대목장 데려오려고 처음부터 작정을 했던데."

"그게 무슨 말입니까?"

영문을 모르는 척 하며 그에게 되물었다.

"홍 기자가 다 불었어. 발뺌할 생각하지 마."

"이 인간이!"

그럴 줄 알았다는 듯, 그가 미소를 지었다.

"이상하잖나? 내가 오늘 대목장을 방문하는데, 기다렸다는 듯이 전통 관련 인물을 특별 란에다 기사로 써놨더라고. 그것도 경주 사람으로."

그리고 말을 이었다.

"일부러 그런 거지?"

'눈치 백단이네.'

"그래서 오는 도중에 전화로 캐물었지. 어떻게 된 거냐고."

이왕 들통 난 것 감춰 봐야 소용없다.

차라리 명확하게 선을 그어두는 것이 나았다.

"시장님. 이건 확실하게 하고 지나가시죠."

단호한 내 말에 그가 뜨끔하며 물었다.

"뭘?"

"시장님은 지지율, 저는 대목장."

"그게 뭐? 당연한 거잖아."

"그 당연한 걸 확실하게 하자는 말씀이죠."

"하하하. 그러니까 대목장은 성훈이 네 거다. 욕심내지 마라. 그거지?"

고개를 끄덕이며 말을 이었다.

"네. 그리고 ……."

"그리고 또 뭐?"

"저 말고는 대목장을 건드릴 사람이 없게 해주세요. 설령 그게 우리 대학 총장이라도."

"호오? 그 양반도 눈독을 들이나?"

"아직은요. 하지만 데려가면 그럴 거예요. 커버해 주실 거죠?"

"흐흐. 누구 부탁인데……. 알았어."

그가 능글맞은 눈으로 웃었다.

'신세를 지웠다고 생각하겠지. 월드컵까지만 기다려라. 신세진 걸 모두 초기화시켜줄 테니까.'

필요할 때는 신세도 져야지, 어떡하나?

'한동안 시장이 방파제 역할을 해주겠지.'

그렇게 떠들썩한 가운데, 점심 때 쯤 오매불망 기다리던 불청객이 찾아왔다.

손님은 경주 시장이었다.

마흔 정도의 중년으로 서글서글한 인상이었다.

'생각보다 젊네. 그런데 낯이 익네?'

그가 차에서 내리며, 시장에게 인사를 꾸벅했다.

"아이고, 선배님."

서로 아는 사이였던가?

옆에 있던 시장 보좌관이 슬쩍 귀띔을 해줬다.

"두 분이 대학 동문이신 걸로 알고 있습니다."

"아!"

그래서 할 수 있다고 했던 거군.

"그런데 어제 뒤통수 맞았다고, 이빨을 가셨죠."

우리가 속닥이는 동안, 두 시장은 악수를 나누고 있었다.

경주 시장이 가식적인 웃음으로 물었다.

"울산에서 이런 촌까지 웬일이십니까?"

시장도 마주 웃으며 말했다.

"왜? 못 올 곳을 왔는가?"

"제가 어련히 알아서 선배님께서 말씀하신 대로 해 드릴 텐데. 성질은 급하셔 가지고."

이미 어제의 일을 알고 있는 시장이었다.

그의 말이 곧이곧대로 믿을 리가 있는가?

'혼자 홀라당 먹으려던 건 아니고?'

어제 내가 보기에는 딱 그 뉘앙스였거든.

"흐흐흐, 알아서 해준다? 여전하구만, 자네는."

시장은 불쾌한 기색을 감추고 있었다.

아니, 오히려 웃으며 물었다.

"그런데 왜 그랬나?"

경주 시장은 모르는 척 시치미를 뗐다.

"뭘 말입니까?"

"어제 사람이 와서는 난리를 쳤다고 하더구먼."

"직원이 실수한 거지요."

"'경주 사람이니, 경주에 뼈를 묻어야지. 어쩌고'가 실수라고?"

"오해십니다. 그저 직원이 흥분해서 애향심에 그런 말이 나온 거겠지요."

"왜 나는 자꾸 뒤통수를 맞은 기분이 들지?"

은근한 압박이었지만, 경주 시장은 전혀 굴하지 않았다.

"그럼 같이할 건가?"

"그건 쉽게 답할 사안은 아니잖습니까?"

시장이 너털웃음을 터뜨리며 물었다.

"그래도 같이하면 좋지 않은가? 백지장도 맞들면 낫다고."

"혼자서 할 수 있는 걸 굳이 선배님을 수고롭게 하고 싶지 않습니다."

"흥. 혼자서 해먹겠다?"

"무슨 말씀을 그렇게 하십니까? 그냥 저도 임기가 얼마 안 남았으니, 도시 정비에 투자를 좀 하려고 합니다."

"오호."

"제가 아는 어떤 분이 그렇게 지지율을 높이더군요."

시장이 비릿하게 웃었다.

"자네, 저번 문화원 비리 의혹이 가신 지 아직 2년이 안 넘었지? 함부로 돈을 굴리다가는……."

"훗. 선배님도! 이미 거짓말로 판명난 걸, 왜 또 들먹이십니까?"

그의 약점을 찔렀음에도 경주 시장은 태연했다.

꽤나 강단이 있거나, 그 또한 너구리이리라

그들의 뼈있는 대화를 들으며, 나는 다른 생각을 하고 있었다.

'분명히 아는 사람인데, 누구지?'

경주 시장, 어디선가 저 얼굴을 본 적이 있는데, 그게 생각이 나지 않았다.

지금의 삶에서 경주 시장과의 접점이 있었을까?

아무리 생각해도 그건 아니었다.

경주시와 연관된 적이 없었다.

그렇다면 지난 삶에서의 일인가?

시장의 목소리가 들렸다.

"이보게. 대목장은 이미 우리 쪽으로 기울었으니, 헛물켜지 말고 다른 곳이나 알아보게."

그 말에 경주 시장이 비릿하게 웃었다.

"과연 그럴까요? 선배님?"

입꼬리를 말아 올리는 게 첫인상과는 달리, 비열해 보였다.

어제의 일 때문에 선입견을 가진 건가?

'분명히 얼굴을 아는데…….'

아무리 머리를 굴려도 흐릿하니, 정확한 기억이 떠오르지 않았다.

생각을 하는 사이, 두 시장은 대목장의 집으로 걸어 들어갔다.

경주 시장은 대목장을 보자마자 사과부터 했다.

"어르신, 어제는 우리 직원이 실례를 했다고 들었습니다. 죄송합니다."

"지나간 일 따져 뭘 할 텐가, 신경 쓰지 마시게. 한데 오늘은 무슨 바람이 불어 왕림하셨는가?"

"그동안 시정이 바빠서 들르지 못했습니다."

"그리 바쁘신 분이 여기는 왜 오나?"

기분이 풀리지 않은 최 옹의 뚱한 대응이었다.

어찌 어제의 불쾌함이 말 한 마디로 가시겠는가?

경주 시장은 그 특유의 서글서글해 보이는 웃음으로 말했다.

"실은 말씀드리고 싶은 것이 있어서 왔습니다."

"뭔가?"

"저번에 말씀하셨던 공방 말입니다. 우리 시에서 지원은 물론이고, 제대로 홍보해 드리겠습니다."

"어째 마음이 바뀌셨소?"

대목장이 고개를 갸우뚱한다.

"변명처럼 들릴지 몰라도, 저한테까지 기안이 올라오지도 않았더군요. 그래서 몰랐습니다."

그는 변명임이 뻔히 보이는 말을 얼굴색 하나 바꾸지 않고 말했다.

"여기 울산 시장님께서도 자네와 같은 제안을 했다네. 굳이 경주와 해야 할 일이 있는가?"

"어르신, 그건 생각을 잘못하시는 겁니다."

"잘못하다니, 뭐가?"

"전통은 새로 만드는 것도 중요하지만, 얼마나 잘 보존하느냐에 더 비중을 두어야 하지 않겠습니까? 보존이 없는데, 어찌 계승이 있겠습니까?"

들어 보면 맞는 말이지 않는가?

대목장도 고개를 끄덕인다.

"울산에 전통 건축 해봐야, 향교 하나밖에 더 있습니까?"

울산 시장의 눈 밑이 꿈틀거렸다.

반문해 봐야 문화재 수에서 비교가 안 되니, 입을 꾹 다물고 참을 뿐이었다.

최 옹이 반문했다.

"그런데 그게 무슨 상관인가?"

"그에 비해 경주는 얼마나 많습니까? 양동마을부터 시작해서, 향교, 정자, 불국사까지 눈가는 곳마다 문화재가 아닙니까? 이것들을 대목장께서 돌봐주시지 않으시면 누가 그걸 돌봅니까?"

누가 정치인 아니랄까 봐!

달변이네, 달변!

간사한 입에서 끊임없이 나오는 말들이 백이면 백, 맞는 말이요, 반박할 거리가 없었다.

경주하면 대한민국 전통의 도시임은 누구나가 아는 것이 아니던가?

뜻밖이었다.

'정말 전통에 관심이 많은 사람인가? 꽤 아네.'

정치만 해왔다면, 저렇게까지 알기 어려웠으리라.

보좌관에게 물었다.

"저분, 뭐하는 사람입니까?"

"경주 시장이죠."

"음, 이력이 어떻게 되느냐는 말이죠."

보좌관이 잠깐 생각을 하더니 말했다.

"아마도 경주 문화원 원장을 하다가 저번 시장선거 때 출마를 한 것으로 알고 있습니다."

"그렇군요."

완전히 바탕이 없는 사람은 아니었다.

어쩌면 나보다도 전문가일 것이다.

경주 시장의 말이 이어졌다.

"제 임기가 끝나는 날까지, 최선을 다해 전통 건축을 살리도록 노력하겠습니다. 믿어주십시오."

대목장이라고 할 말이 없으랴!

"여태껏 관심도 없이 나 몰라라 해놓고는 이제와 그런 말을 한다고 믿을 것 같은가?"

그동안의 울분이 터져 나오듯, 그의 말도 끊임이 없었다.

"전통을 살리겠다며, 공약을 걸어놓고는 2년이 다 되어가도록 아무것도 변한 것이 없는데, 그건 어찌 설명할 텐가."

"아닙니다. 이번에는 시 예산 10억을 들여서 반드시 시행하겠습니다."

"엉? 10억?"

"그걸 몽땅 문화재 복원과 후학을 가르치시는 데 부족함이 없도록 투자하겠습니다."

"흥. 또 믿기를 바라는가?"

"당장에라도 시작할 준비가 되어 있습니다. 안 그런가? 보좌관."

멍하니 듣고만 있던 보좌관이 급히 대답했다.

"네? 네! 맞습니다. 어르신."

그 광경을 보고 있는 내가 웃음이 났다.

'어이가 없네! 준비가 되었다고 하면서, 기안 하나 없이 맨몸으로 딸랑 와? 말로만 때우려고?'

어라!

하지만 대목장에게는 통하는 모양이었다.

'저럴 수가?'

시장이 단언하듯 말했다.

"대목장의 손으로 숭례문처럼 길이 남을 전통 건축을 만들 수 있게끔 최선을 다하겠습니다."

숭례문이라.

'2008년인가에 홀랑 불탔었지.'

아직 8년 가까이 남았네.

그때 내가 그 망할 인간을 막아야지.

보존하고 지켜도 시원찮을 판에, 불태우다니 말이 되는 소리야.

그때 기사에도 대문짝만하게 났…….

'아! 생각났다. 저 새끼!'

그때 저 인간이 문화재청 차장이었다.

때려죽여도 시원찮을 인간!

'아마 그의 부하와 함께 복원비용을 삥땅 쳤었지.'

일이라도 무리 없이 진행되어 잘 마무리되었다면 더 무슨 말을 하겠는가?

'난 일 가지고 광분하지, 돈으로는 광분 안 해!'

하지만 숭례문 복원작업은 엉망으로 진행되었다.

전통 염료를 써야 할 곳에 저급한 화학 염료로 대체하는 바람에 나무와 상성이 맞지 않아 단청이 벗겨지고, 나무가 썩어가서 다시 공사를 할 수밖에 없었다.

어디 그것뿐이랴, 말로 다할 수가 없지.

'제대로 된 물건이 들어가지 않았는데, 제대로 결과가 나올 리 있나?'

그의 부당한 행위 때문에 전통 장인들의 위신은 땅바닥에 떨어졌고, 그나마 남아 있던 전통 건축에 대한 관심도 더 멀어져 갔다.

'전통에 투자하는 세금이 아깝다고 국민들이 난리를 쳤으니, 그 여파는 말할 수도 없었지.'

그럴 수밖에 없었던 것이, 전통기법 그대로 소실 전과 동일하게 재현한다고 말했지만, 자금은 누수 되어 엉뚱한 놈의 손으로 들어가고, 장인들의 연구 조사는 부족했으니, 어찌 그런 말을 안 들을 수 있었겠는가?

'그게 우리나라 전통의 현주소가 되었지.'

그리고…….

불타 없어졌던 숭례문은 채 완공되기도 전까지 끝없이 몸

살을 겪었다.

두고두고 내 앞 길에 방해가 될 인간!

전통에 관해서는 나와 정반대의 길을 걷는 자가 저놈이었다.

'그러고 보니, 원래 그 부하라는 작자가 경주 시장이 되기 이전부터 그의 심복이었다던데.'

그에게 걸맞지 않는 미담 하나도 떠올랐다.

지금으로부터 2년 전, 그가 시장 출마 당시, 그의 부하 하나가 그를 고발했었다.

'문화원장을 하면서, 공금을 착복했다고 말이야.'

시장 출마에 나선 그에게는 최대의 위기였었지.

하지만 조사 결과 허위 고발이었음이 판명되었다.

그러나 이렇게 끝난다면 그것이 미담이겠는가?

그는 자신을 고발했던 부하 직원을 역고소하지 않았다.

오히려 그를 잘못 가르친 자신이 죄인이라며, 시민들에게 용서를 구했고, 그를 용서해 주었다.

'흥. 미담 좋아하시네. 짜고 치는 고스톱이었지.'

이런 우여곡절 끝에 그는 선거에서 승리했고, 시장이 되었다.

그 후 그의 부하는 사람들의 뇌리에서 지워졌다.

'애초에 사진 한 장 나돌지 않았지.'

그렇게 잠적했던 그가 10년 후 다시 나타나, 시장과 함께 숭례문 지원금을 횡령했다.

국가에서는 숭례문에 대한 관심이 커지니, 역추적을 시작했고, 그 부하는 시장이 되기 전부터 시장의 심복임을 알게 되었다.

'사람들을 감쪽같이 속인 거지.'

하지만 지금 이게 무슨 소용이 있어?

미래에 일어날 일을 가지고, 누구를 설득할 수 있는가?

아직 일어나지도 않은 일을 가지고.

'오히려 내가 미치광이 취급을 당하겠지.'

적어도 그의 정치와 공직생활에 그런 타격을 줬던 사람이라면, 용서는 그동안의 정이 있어서 했다고 치자.

그럼 잠적한 그는 지금 어디 있을까?

그의 심복을 찾으면, 길이 보이지 않을까?

'아직 내게 피해를 준 것도 없잖아' 하는 생각도 들었다.

과민 반응일 수도 있잖아.

하지만 내 스스로 고개를 절레절레 저었다.

다른 사람은 몰라도, 내게 철천지원수 같은 놈을 꼽으라면 바로 저 놈이었다.

두고두고 내 앞길을 막을 쓰레기 같은 인간!

당신이 망하든가, 내가 망하든가. 둘 중 하나야!

전통 알기를 돈주머니로 아는 인간.

그는 전통에 국민들의 관심이 틈을 타, 자기 배를 불린 아주아주 나쁜 놈이었다.

가증스런 그의 말을 듣고 있자니, 분통이 터질 것 같았다.

"젠장, 내가 가만히 둘 줄 알아?"
목소리를 억누르며, 밖으로 나왔다.

'그 심복이라는 놈을 어떻게 찾지?'
그놈과 경주 시장의 연관성을 이으면, 뭐가 나와도 나올 터.
200억이 넘는 복원 비용 중 20억을 해먹었지.
그건 한두 번 해본 솜씨가 아니었다고.
바늘 도둑이 소도둑 된다고?
설마 두 번 만에 소를 훔쳤을까?
중간에 개도 훔치고, 돼지도 훔쳤겠지.
한숨이 나왔다.
'미래를 알면 뭐 하나. 가진 정보가 없는데.'
미친놈 소리 듣지 않으면서, 그를 박살 낼 정보.
고민할 필요 있어? 물어보면 되지.
수화기를 들었다.
"홍 기자님."
─엇, 성훈 씨. 흥분하지 마시고.
흥분한 이유가 자신이라고 생각했던지, 그는 다급히 변명
을 해댔다.
"홍 기자님. 그게 아니고……."

－실은 아침에 전화가 와서 시장님이 추궁을 해대는 바람에 어쩔 수 없이.

'이 양반아. 그거 추궁하려고 했던 거 아니거든.'

－성훈 씨. 미안합니다. 앞으로는…….

"홍 기자님. 쫌! 제 말부터 들으세요. 네!"

－…….

도둑이 제 발 저린다더니.

수화기에는 침묵만이 흘렀다.

"제가 알고 싶은 게 있어서 전화를 드렸습니다."

추궁이 아님을 알자, 그는 안도하는 듯했다.

'뜨끔했겠지. 비밀로 하라는 걸 발설했으니.'

"경주 시장에 관한 의혹 아시죠?"

－네, 그 사람이 시장 출마할 때 떠들썩했었지요. 그런데 왜요?

"그때의 내부 고발자 있었죠?"

－네, 잘못 알았다고 해서, 시장에게 용서를 빌었지요.

"그리고 시장은 그 용서를 받아주었구요."

－네, 훈훈한 미담이었지요. 대인배라면서.

'그건 그 나물에 그 밥이기 때문이지.'

"그 사람이 지금 뭐하는지 알아보세요."

－그건 왜 그러십니까?

"지금 시간이 없으니까, 최대한 빨리 부탁드립니다."

−네.

"이 조사가 잘되면, 시장에게 말씀하신 것은 없었던 일로 덮겠습니다."

−알겠습니다. 바로 연락드리겠습니다. 성훈 씨.

그의 다짐하는 목소리가 들렸다.

'다른 놈은 몰라도, 너만큼은 용서가 안 된다.'

62장
3학년 2학기(4)

'저번에는 운 좋게 넘어 갔는지 몰라도, 이번에는 쉽지 않을 거야.'

다시 안으로 들어갔더니, 시장이 경주 시장을 노려보고 있었다. 그 외에 같이 온 건축가들의 기분도 별로 좋아 보이지 않았다.

그럴 수밖에. 대목장을 모시고 가고 싶은 마음이 굴뚝같건만, 경주 시장이 와서 초를 치고 있으니, 그 마음이 좋을 리가 있으랴?

경주 시장의 목소리가 들렸다.

"어르신. 경주를 떠나서, 여기 있는 문화유산들을 돌보지 않는 것은 대목장으로서의 직무 유기가 아니겠습니까?"

그 말에 나도 심기가 뒤틀리기는 마찬가지였다.

학력이 짧은 대목장이 그의 달변에 마음이 흔들리는 것은 금방일 것으로 보였다.

그때, 전화가 울렸다.

'조간울산 김 기자? 왜지?'

수화기를 들었다.

─성훈 씨. 지금 대목장 댁에 있어요?

"네. 그런데요? 어쩐 일이세요?"

─아! 시장님이 오늘 대목장 어르신과 협업 계약을 체결할 거라고 사진 한 방 박아달라고 하시더라고.

시장을 힐끗 쳐다봤다.

'이런 일이 있을 줄은 모르고, 미리 김칫국부터 마셨군요. 시장님.'

오늘 계획이 박살 나게 생겼으니, 시장의 인상이 좋지 않은 것이리라.

뒤통수치는 계획이, 뒤통수 때린 당사자에 의해 망가지게 생겼다.

"김 기자님. 지금 어디쯤 오셨는데요?"

─어. 이제 한 3분 정도면 도착해요. 전화한 건 홍 기자가 가는 길에, 자기 부하가 쓴 것 좀 교정했으면 해서 말이야.

"그럼 울산신문 기자님도 같이 오시는 건가요?"

─그렇지. 시장 만나기 전에 먼저 성훈 씨와 만나는 게 좋

을 것 같아서 말이지.

뭔가 아귀가 맞아가는 느낌?

촉이 왔다.

'이거, 잘하면 그림이 나오겠는걸.'

애초에 내가 원했던 그림은 물 건너가 버렸다.

게다가 뜻하지 않은 전통의 세균을 만나 버렸다.

나와는 절대로 공존할 수 없는 사람 말이다.

"일단 집 안으로 들어오지 마시고, 거기 공터에서 기다리고 계세요. 저랑 먼저 이야기하시자고요."

ㅡ엉. 알았어.

시장은 여전히 불만이 많은 듯, 인상을 쓰고 있었다. 그를 돌아보며 말했다.

"조간울산 부르셨다면서요?"

"응. 그랬지. 오늘 대목장과 계약을 체결할 거라 생각했는데, 이거 영 모양새가 안 좋게 생겼어. 젠장."

쓴 소리를 내 뱉으며 한숨을 내쉬었다.

그에게 미소를 보이며 말했다.

"시장님. 잠깐 시간 좀 끌고 계세요."

"왜. 무슨 방법이라도 있냐?"

고개를 앞으로 내밀며 내게 물었다.

"이제 만들어 봐야죠."

'그게 아니라도 당신은 시장을 방해할 충분한 이유가 있을

텐데.'

"어떻게 시간을 끌라는 말이야?"

"아까 말씀하셨던 거 있잖아요. 저번 선거 때 있었다던 의혹이요."

"그거 이미 끝난 일이란 말이야. 괜히 창피만 당할 거야."

'그게 당신이 해 줘야 할 역할이라고요.'

"그럼 저대로 두면 대목장이 넘어갈 게 뻔한데, 가만히 앉아서 뒤통수 맞으시려고요?"

뒤통수라는 말이 통했던 모양이다.

"좋아. 어떻게든 시간은 끌어보지. 확실한 방법이 없기만 해 봐! 오늘 당한 창피까지 신세지는 걸로 할 거야."

험악한 인상으로 내게 엄포를 놓았다.

고개를 끄덕이며, 밖으로 나왔다.

여전히 경주 시장은 유려한 언변으로 대목장을 유혹하고 있었다.

'입에 꿀이라도 발랐나?'싶을 정도였다.

순진한 대목장은 그 앞에서 순한 양이나 다름없었다.

시장이 그를 향해 돌아섰다.

"저 망할 놈의 자식! 고춧가루 뿌리는 게 뭔지, 제대로 보여주지."

그에게로 다가가며 말했다.

"경주 시장. 선거 때 자네 뒤통수친 친구는 어떻게 지내고 있나?"

경주 시장의 미간이 확 찌푸렸다.

🍂

"울산신문, 박 기자입니다. 반갑습니다."

차에서 내린 그는 인사를 건네며, 손에 들린 리포트 용지를 내밀었다.

아까 말한 그 기사이리라.

"이건 잠시 후에 보도록 하겠습니다. 혹시 급한 일이라도 있으신 건지?"

"아뇨. 그냥 우리 선배를 곤란하게 만드는 사람이 누군가 해서 인사나 하러 왔습니다."

서글서글한 웃음으로 뒷머리를 긁었다.

"그럼 부탁 하나만 해도 되겠습니까?"

"뭡니까?"

"들어주신다는 허락을 받고 말하겠습니다."

눈치 없는 사람에게 말했다가, 이상한 소문이라도 나면 곤란하니까.

'난 공범을 만들 생각이거든.'

나를 흥미로운 듯 바라보더니, 박 기자가 말했다.

"홍 선배가 성훈 씨 말은 무조건 따르라고 하시더군요."

"취재 외의 것이라도요?"

그는 난감한 기색을 보였다.

"그건 좀……."

우리 둘을 보던 김 기자가 끼어들었다.

"성훈 씨. 운이 안 좋네."

"왜요?"

"뭔가 안에서 일을 벌이려는 모양인데."

"눈치 빠르시네요."

"그런데 여기 박 기자가 눈치랑 임기응변, 그 두 개는 완전 젬병이거든."

박 기자가 얼굴을 붉히며 받아쳤다.

"선배님, 어떻게 사람을 앞에 두고 그런 말씀을."

"미안하지만, 어쩌겠어. 사실인데."

'아! 좀 연기를 할 수 있는 사람이라면 좋았을 텐데. 어쩔 수 없지. 신문사 이름을 빌려서 경주 시장에게 접근할 수만 있으면 되는 거니까.'

아쉬웠지만, 지금 당장은 집 안의 경주 시장을 밖으로 내모는 것이 시급했다.

현재 안에서 벌어지는 일을 간단히 설명했다.

"시장이 경주 문화원장을 했다고 하지만, 아마 전통에 대해서 깊이 있게 알지는 못할 겁니다. 그리고 대목장이 차지하고 있는 위치도 말입니다."

이 시기의 최 옹은 대목장 중에서도 그 인지도가 최하급이었다.

박 기자가 고개를 끄덕였다.

"그렇겠지요. 정치학과 출신이라고 들었습니다."

전통 관련 전공자가 아니기에, 전통을 그저 돈 따위로 환산할 수 있었겠지.

조금이라도 전통을 깊이 있게 파악하고 멀리 보는 안목이 있었다면, 얼마 안 되는 푼돈과 전통의 미래를 교환할 생각은 하지 않았으리라.

"그래서 제가 뭘 하면 되겠습니까?"

내일 신문에 들어갈 기사를 꺼냈다.

"아시다시피 내일 기사에도 경주 장인이 들어갑니다."

박 기자의 눈썹이 꿈틀거렸다.

'기사로 무슨 짓을 하려는 거냐?'는 의미이리라.

경주 장인 기사가 뜨는 날, 그 시장을 만났다라.

"이런 상황을 예측하신 겁니까?"

그 말에 씁쓸함을 삼키며 대답했다.

"약간은요. 하지만 정확하게 예측했다면, 이렇게 일이 커지지 않았겠죠."

훨씬 더 안전하게 대목장을 데리고 갈 수 있었으리라.

물론 그 반대급부로 의외의 인물을 치울 수 있는 기회도 생겼지만 말이다.

'하지만 잘못되면 득보다 실이 크다고.'

"그래도 딱히 제가 할 일은 없는 것 같은데, 아까 김 선배도 말한 것처럼……. 그런 데는 젬병이라."

"박 기자님은 저를 경주 시장에게 소개만 시켜 주시면 됩니다. 그 이후는 제가 알아서 하겠습니다."

"그런 거라면야."

김 기자가 그의 어깨를 토닥거렸다.

"잘 좀 부탁해. 성훈 씨가 성공해야 우리도 특종 하나 제대로 물어가는 거니까."

그리고 나를 보며 말을 이었다.

"그런데 말이야. 성훈 씨는 경주 시장한테 뭔 원한이라도 있어?"

그저 상황 설명을 했을 뿐이지만, 아까의 말투만 들었을 때는 경주 시장은 때려죽일 놈처럼 묘사했으니, 그런 말이 나올 법도 했다.

웃음으로 얼버무렸다.

"전생의 빚이라도 있었나 봅니다. 하하."

"전생? 이런 상황에서 농담이 나오나? 크크."

지난 삶에서 전통의 맥을 위태롭게 할 정도의 일을 한 인물이니, 지금의 내게는 얼추 비슷한 무게가 아닐까 싶다.

"그동안 조간울산 김 기자님은 울산 시장과 대목장의 대화를 인터뷰해 주세요."

둘을 서로 갈라놓으면, 그 꿀 바른 혓바닥을 사용할 틈 따위는 없겠지.

⁂

들어갔을 때, 시장과 경주 시장은 씩씩거리며 설전을 벌이고 있었다.

"허위 사실임이 드러난 과거사로 사람을 이렇게 음해해도 되는 겁니까?"

경주 시장은 정말 억울한 사람처럼 목에 핏대를 세우며 따지고 있었다.

"비리를 저질렀다는 증거가 있으면 대십시오."

'가증스러운 인간, 곧 밝혀 주지.'

그에 반해 울산 시장은 약을 올린 것이 제대로 먹혔다고 생각했던지 후련한 얼굴이었다.

'고춧가루 친다더니, 아주 제대로네.'

시장이 뻔뻔스럽게 고함을 쳤다.

"왜 그렇게 노려봐? 고소라도 하려고?"

"못 할 줄 아십니까?"

"흥. 해 봐. 털어서 먼지 안 나오는지 보자고?"

경주 시장은 처음의 평정심은 잃어버리고, 울산 시장과 똑같이 흥분하며 말다툼을 하고 있었다.

경주 시장에게 다가서자, 그가 물었다.

"뭡니까?"

흥분된 목소리였다.

뻣뻣하게 서 있는 박 기자의 옆구리를 쿡 찔렀다.

"아. 울산신문 박 기자입니다."

"그런데요?"

기자라 하니, 함부로 대할 수는 없었던 모양이다.

박 기자의 역할은 여기까지였다.

난 그저 신문사의 이름을 빌리고 싶었을 뿐이고.

그가 내게 말하라며 눈치를 주었다.

경주 시장에게 말했다.

"사실은 여쭙고 싶은 게 있어서 말입니다."

시장의 눈가가 꿈틀거렸다.

'별 같잖은 것들이' 하는 눈빛이었지만, 그는 웃으며 말을 받아주었다.

"물어봐요."

"아까부터 상황을 지켜봤었습니다."

"그래서요?"

"굳이 시장님께서 대목장을 반드시 섭외해야 할 이유가 있는가 싶어서 말입니다."

"경주에서 전통 관련 사업을 하려고 하는데, 전통 건축하면 대목장 아니오?"

김 기자와 인터뷰를 하는 대목장을 힐끗 보고는 시장에게 씨익 웃으며 말했다.

"그 말씀은 맞습니다만, 대목장이라고 다 같은 대목장은 아니잖습니까?"

"그게 무슨?"

"인지도 차이가 하늘과 땅입니다."

내 입으로 이런 말을 하기는 참……. 쑥스럽네.

제 의견에 반대를 한다고 생각하기 때문인가, 경주 시장의 미간이 꿈틀거린다.

가지고 있던 신문을 잽싸게 내밀었다.

"이거 보시지요. 울산신문에서 내고 있는 특집 기사입니다."

"어. 우리 경주 장인이네?"

내가 기자인지 아닌지는 중요하지 않았다.

신문으로 초점이 맞춰지자, 바로 말을 이어갔다.

"네. 전통하면 경주 아닙니까?"

"그렇지. 그럼!"

"그래서 첫 기사가 경주 장인입니다. 원래는 대목장을 하려고 했습니다만, 인지도가 소목장들보다 약해서야. 쯧쯧."

옆에서 박 기자가 눈가를 작게 꿈틀거리고 있었다. 그에게 눈을 부라렸다.

'웃어 가지고 분위기 망치면, 두고 봅시다.'

처음에 박 기자는 이런 말이 먹히겠냐고 걱정했지만, 나는 충분히 먹힐 거라 예상했다.

왜냐고?

아까는 전통에 대해서 잘 알 거라 생각하고 긴장을 했었지만, 생각해 보니 그것이 아니었다.

'정치를 위해서 일부러 전통 관련 부서로 들어갔는데, 과연 그만큼 심도 깊게 연구를 했을까?

그저 이력에 남을 정도의 업적만을 남겼겠지.

선거 홍보에 필요한 문구를 적을 정도.

그의 학력 기반은 전통이 아니라, 정치였다.

'지금까지 그가 한 것도 정치였고.'

시장의 관심이 어느 정도 끌어지자, 내일 자 기사를 들이밀었다.

그리고 속삭이듯 말했다.

"시장님. 그리고 이건 아무에게나 보여드리는 것은 아닙니다만."

"뭡니까?"

"혼자만 보십시오. 내일 자 특집 기사입니다."

"오오. 내일도?"

"쉿. 울산 시장이 보면 저를 죽이려고 할지도 모릅니다."

"흥. 그깟!"

"이걸 저한테 보여주는 이유가 뭡니까?"

"계속 울산 시장하고 부딪히면, 둘 중 한 분은 사단이 날 것 같아서요."

미심쩍은 눈으로 나를 쳐다본다.

뒤통수를 긁으며, 어색하게 웃었다.

"너무 속 보이는 말이라서 말이죠."

"그게 뭐요?"

경주 시장이 정색을 하면서 물었다.

"기자가 하는 일이 뭡니까? 특종 찾는 거죠. 여러 장인들을 찾아다니는데, 여간 어려운 게 아닙니다."

"그렇지요. 장인들 고집이 보통이 아니죠."

맞장구를 쳤지만, 아직은 경계하는 눈빛이었다.

"앞으로도 경주 장인들을 취재할 일이 많을 텐데, 이렇게라도 안면을 틔워두면 좋지 않겠습니까? 시장님에 대한 소문은 많이 들었습니다."

"어떤?"

"선거 하실 때, 은혜도 모르는 쓰레기 같은 인간을 용서하셨다고요? 감명을 받았습니다. 요즘 세상에 시장님 같은 분이 얼마나 있겠습니까?"

말을 이었다.

"굳이 울산 시장과 척을 지면서까지, 무리하게 진행할 필요가 있을까요? 이미 경주에는 인재들이 넘쳐나는데요. 안 그렇습니까?"

"허허허. 이거 참. 그 말씀이 맞네그려."

경주 시장이 고맙다며 악수를 청했다.

그의 손을 맞잡으며, 고개를 굽실거렸다.

"혹시라도 제가 약간이라도 도움이 되셨으면, 앞으로 취재할 때, 슬쩍 말씀 한마디라도 좀……."

시장이 내 손을 양손으로 감싸 쥐며 말했다.

"해드리지. 얼마든지 말만 하시오."

보좌관을 돌아보며 물었다.

"이 두 장인이 있으면. 홍보하는 데는 큰 문제가 없겠지?"

보좌관도 그의 말에 보조를 맞췄다.

"지당하신 말씀입니다. 소목장이니, 결과물도 훨씬 많이 나올 거고, 그만큼 더 많은 업적이 생기는 것 아닙니까? 다 다익선이지요."

"흠. 그럴듯하구만. 좋은 생각이야."

다시 나를 돌아보며 말했다.

"도움이 많이 되었습니다. 성함이?"

"김성훈입니다."

'잘 기억해 둬라. 평생 잊지 못할 테니.'

널 지옥으로 밀어 넣을 이름이니까.

하지만 미소를 띠며 말을 이었다.

"무슨 말씀을요. 앞으로 폐나 끼치지 않을까 걱정이 됩니다."

"무슨 그런 섭섭한 말을. 서로 상부상조하며 사는 거지."

"참! 이번에 경주 문화원을 취재하려고 했는데, 경주 사람 아니라고, 얼마나 텃세를 부리던지⋯⋯."

경주 시장이 너털웃음을 터뜨리며 말했다.

"그건 걱정하지 마시오. 내가 전직 문화원 원장이 아니겠소? 예전 부하 직원들에게 말해둘 터이니, 언제든지 찾아가시오."

허리를 낮추며, 고개를 숙였다.

"아이고 감사합니다. 시장님. 정말 감사합니다."

그때, 기다리던 전화가 왔다.

울산신문 홍 기자였다.

"저. 시장님. 급한 전화가 와서 그런데, 먼저 일어나도 되겠습니까?"

나를 따라 시장도 일어섰다.

"보좌관! 우리도 일어나지. 여기 있어 봐야, 저 꼰대 같은 울산 시장이 시비만 걸 거 같고. 신문에 있는 이 두 사람 만날 거니까, 지금 당장 연락 넣어봐."

"홍 기자님, 알아봤어요?"

경주 시장의 눈치를 보며 밖으로 향했다.

홍 기자는 약간 흥분된 목소리였다.

─이야! 성훈 씨. 이거 생각지도 못한 곳에 있었네요. 이런

데 있으니까 찾기가 어려웠지.

"어딘 데 그러십니까?"

─그 사람. 지금 경주 문화원 부원장으로 있습니다. 그리고 곧 원장이 될 것 같습니다. 현재 문화원의 실세라고 하더군요.

"네? 쫓겨난 게 아니라, 거기 실세라고요?"

경주 시장이 아무리 액면 그대로 대인배라고 해도, 이런 일이 가능할까?

자신의 뒤통수를 친 사람을, 그 자리를 유지하는 것으로도 모자라 승진을 시켰다고?

─네, 아마 내년에 인사이동 때, 원장으로 승진할 것으로 보입니다. 당연히 쫓겨났을 거라 생각해서 거기는 생각도 안 했는데.

"냄새가 나네요."

─네, 그것도 아주 많이.

"캐볼 수 있겠죠?"

─가능은 하지만 잠깐의 이슈가 될 뿐이죠. 증명할 수 있는 게 없으니까요.

'그럼 아직은 좀 시간이 필요하다는 거네.'

난 경주 문화원에서 벌어진 비리이니, 그곳을 파고들 생각이었는데, 거기에 그 사람이 있었다고? 운이 좋은 건가?

아니지. 2년이라는 시간이 흘렀으니, 충분히 사람들의 이

목도 사라졌다고 믿었겠지.

'등잔불 아래에서 암 덩어리를 키우고 있군.'

오히려 잘된 일일지도 모른다.

하나를 캐내면 그와 경주 시장, 그리고 관련된 모든 인물을 감자 캐듯이 줄줄이 엮을 수 있을 테니까.

"일단 캐보세요."

—하지만 경주 문화원에 대놓고 들어가는 건 어려울 겁니다.

"제 이름 대고 들어가시면 될 겁니다."

—네?

"아까 경주 시장하고 딜을 걸었거든요."

—어떻게?

"자세한 건 보내주신 박 기자님에게 물어보시고, 이 일은 홍 기자님이 직접 하십시오."

'보내준 박 기자를 봐서는……. 영.'

울산과 경주가 각자 독립적인 지방단체라고 해도, 기자가 못 캐고 들 것은 없다. 특종이라 생각되면 학연 지연 상관없이 파고드는 사람들이니까.

시장의 허락도 있겠다, 그리고 내년에 문화원장이 되는 것을 축하하면서 접근을 한다면 불가능하지는 않으리라.

지금은 알려지지 않은, 미래에 가서야 알게 되는 정보도 넌지시 던지면서.

"시장과 그 사람은 보통 관계가 아닐 겁니다. 아니, 오히려 아주 친밀한 관계였을 겁니다."

그는 침묵으로 긍정을 표했다.

"그리고 예전에 선거 때 있었던 트러블도 짜고 쳤을 가능성이 높으니까, 그걸 중점적으로 파고드세요. 아셨죠?"

그러나 그는 이 일의 결과에 의문을 제기했다.

─지금 되어 있는 걸로 봐서는 충분히 의문을 제기할 수는 있습니다. 하지만 우리 힘으로 진상을 밝힐 수 있을까요?

꼬리를 잡아도 굴 밖으로 당겨낼 힘이 없다면 그저 묻혀 버릴 뿐이다.

권력자에게는 미운 털이 박힐 것이고.

"일단 진실을 캐내시면 그다음엔 제가 방법을 찾아보겠습니다."

지금 내 옆에는 또 한 명의 시장이 있다.

'마침 경주 시장에게 이를 갈고 있네.'

소스를 던져주면 알아서 요리할 수 있는 능력도 있지.

통화를 끝내고 들어갔을 때.

시장이 경주 시장이 대목장과 인사를 나누는 모습을 노려보고 있었다.

나를 돌아보며 물었다.

"성훈아, 이렇게 보내는 거냐?"

시장은 아직도 만족하지 못한 눈빛이다.

정작 약은 올렸지만 결정적인 한 방을 날리지 못한 것이 아쉬운 듯, 이를 갈았다.

오히려 희희낙락한 모습의 경주 시장을 보니, 더욱 분노가 치밀어 올랐던 모양이다.

"일단은 저 사람이 대목장을 노리지 않는 것으로 만족을 해야죠."

"대체 무슨 말을 했기에, 저러고 나가는 거냐?"

"대목장 말고, 다른 사람들을 찾아보라고 했습니다."

"아! 복장 터져 죽겠네. 저놈의 자식 말하는 거 봤지? 주둥이를 뭉개놨어야 하는 건데."

'이제부터 시작인데, 그렇게 흥분하셔서 어떡합니까? 시장님.'

홍 기자에게 들은 정보를 시장에게 말했다.

시장이 경주 시장을 노려보며 눈을 부릅떴다.

"뭐? 때려죽여도 시원찮을 그놈을, 저 인간이 문화원 부원장으로 박아놨다고?"

"네, 어떻게 생각하세요?"

시장의 얼굴에 웃음이 번져 나갔다.

"성훈아. 딱 답 나오는 걸 생각하고 자시고가 어디 있냐?"

드디어 약점을 잡은 듯 그가 숨을 크게 들이쉬었다.

'이 인간이 지금?'

분명히 약점을 잡았으니, 그걸로 물어뜯으려고 하겠지.

아직 뜸도 안 든 밥으로 무슨 요리를 하겠다고.

'성질 급하기는, 변소에 들어가기도 전에 허리춤부터 풀 양반이네.'

그의 소매를 꽉 움켜잡았다.

"헛! 왜?"

"당장 경주 시장이랑 2차전 시작하시게요?"

"당연하지!"

"무슨 근거로요?"

시장이 씨익 웃었다.

승리를 확신하는 웃음이었다.

"딱 보면 답 나오는데 무슨……. 저 인간이 뒤통수친 놈을 좋아서 그 자리에 놔뒀겠어?"

내 대답을 바라지는 않았던 모양이다.

검지를 좌우로 흔들며 웃었다.

"뭔가 거래가 있었을 거 아니야? 안 그래?"

"그래서요? 시장님이 보기에는 확실한 증거일지 몰라도, 아직은 의혹일 뿐이라고요."

"걱정 마. 그다음에는 내가 알아서 조지지. 꼬리를 끌어내다 보면 몸통이 드러나게 되어 있어!"

그는 둘의 거래가 있었음을 확신하는 눈치였다.

'칫. 그러면 당신은 이기겠지.'

내가 원하는 것은 그의 승리가 아니었다.

'암 덩어리를 제거하는 게 목적이거든.'

또한 국민들은 신경 쓰지 않을 것이다.

'그저 정치인들의 파워 게임이라 생각하겠지.'

그 와중에 전통 재건 사업이 어떤 피해를 입었는지는 은폐
될 것이다.

경주 시장 말고도 수많은 정치인이 연루되어 있을 테니까.

당장에 눈앞의 시장이라고 해서 완벽하게 깨끗할 수 있을까?

그를 진정시켜야 했다.

"경주 시장이라고, 아무런 백도 없이 그런 일을 했겠어요?"

"흥. 그래 봐야? 윗놈들에게 흙탕물이 튀겠다 싶으면, 저
놈 먼저 잘라내겠지."

'지금 겨우 그 정도의 비중밖에 없는 인물이 나중에는 소
도둑이 된다고요. 난 그게 싫은 거고.'

겨우 꼬리 하나 밟겠다는 말과 뭐가 다른가?

시장을 정면으로 응시하며 말했다.

"만약 시장님보다 더 강한 사람이 배경이라면요? 그리고
그 사람이 경주 시장을 옹호한다면요?"

"에이, 설마?"

물론 지금 당장에 경주 시장의 뒤에는 누가 있는지 모른
다. 미래에도 밝혀지지 않았다.

하지만 어떠랴?

'지금 당장 시장에게 경각심만 주면 된다고. 뻥 좀 치면 어때?'

수단이야 어떠하든 속아 넘어만 가면 장땡이지.

"……."

입 다문 채 침묵하는 나를 보며 그가 눈썹을 오므렸다.

"정말이야?"

"저야…… 모르죠?"

의아해하는 시장에게 바로 말했다.

"하지만 그런 느낌이 강하게 들어요. 설명할 수는 없지만요."

그가 두툼한 손으로 턱을 괴며 신음을 흘렸다.

'시장이 나의 감을 얼마나 신뢰하고 있을까?'

지금 당장은 우리가 안다는 것을 감춰야 할 시기였다.

고민하는 시장에게 말했다.

"시장님, 죽일 거면 한 방에 급소를 찔러야죠. 어중간하
면……."

그의 눈가가 꿈틀했다.

"그래. 반격만 당할 뿐이지."

시장이 크게 심호흡을 하며 말했다.

"잠시 열이 받아서 흥분했던 것 같군."

"어떡할까요?"

빙긋이 웃으며 말하는 나를 보더니, 그의 얼굴에도 미소가
번졌다.

경주 시장의 뒤통수를 노려보며 물었다.

"복안이 있겠지? 저놈을 엿 먹일 수 있는."

"글쎄요."

시장이 장난스레 얼굴을 찌푸렸다.

'이놈이. 있으면서 간 보는 거냐?'라는 의미이리라.

"제가 무슨 만능도 아니고."

"에헤이, 있구만. 말해봐? 얼른."

뻑 하면 내놓으래. 이 양반이.

'세상에 공짜가 어디 있어?'

그에게 말했다.

"그럼 이번에 신세 진 건 제하는 겁니다."

"엥? 내가 왜 그래야 하는데?"

"시장님도 저 인간 뒤통수치고 싶으시잖아요. 싫으시면 말구요. 전 대목장만 데려가면 됩니다."

"끙!"

당장도 경주 시장 뒤통수를 날리고 싶어서 손이 근질거리는 것 뻔히 아는데, 고민하기는.

그래 봐야 결론은 정해져 있지.

짧은 고민 끝에 그가 말했다.

"좋아. 이번에는 양보하지. 뭔데?"

"아까 말씀하신 그거예요."

"야, 성훈아. 그건 이미 결론 났다고. 허위 정보로 말이야."

그건 바라보는 관점이 달라서 생긴 문제가 아닐까?

사건의 본질보다는 상대 후보의 흑색선전으로 몰아붙이면

서, 유야무야 넘어갔겠지.

"전 그 문제를 다른 방향에서 생각해 봤습니다."

"어떻게?"

"실제로 둘 사이에 어떤 트러블이 있었다. 그런데 시장은 그 걸 상대 후보의 흑색선전이라고 비방했고, 그 부하와는 뒤로 모종의 거래를 함으로써 허위 정보로 조작했다. 이렇게요."

"음. 듣고 보니, 그럴듯하군. 하긴! 그 사건으로 약간 지지 율은 상승했지만, 그게 결과를 좌우할 정도는 아니었거든."

같은 시기에 선거가 이뤄졌었고, 옆 도시이니 그도 흥미롭 게 지켜봤었던 모양이다.

지난 삶에서 본 신문기사가 모두 기억나지는 않지만 그런 의혹도 일부 존재했었다.

하지만 그때도 중요한 것은 그 둘의 처벌이었지, 둘 간의 갈등은 기삿거리조차 되지 못했다.

'왜냐고? 숭례문 복구 비용을 삥땅쳤다는 것만으로도 충 분히 기삿거리가 되었거든.'

나머지 소소한 문제들은 나와 봐야, 기삿거리 축에도 못 끼는 거지.

"제가 초점을 맞추는 건, 그게 허위 정보가 아니라 실제로 있었고, 거래로 인해 은폐되었을 가능성입니다."

선거 결과에 영향을 미치지 않을 정도의 사건이었다니, 더 더욱 의혹이 증폭되었다.

'그가 위험을 무릅쓰면서, 그런 연극을 할 필요가 없었을 테니까.'

시장이 물었다.

"그럼 어디를 파 봐야 하는 거야?"

"선거 때 들고 나왔던 유적 조사 비용에 대한 의혹이죠."

"이미 경찰이 허위라고 발표를 했는데……."

똑같은 문제를 가지고 다시 조사를 하라고 한다면, 당연히 경찰도 싫어할 것이다.

'자신들을 신뢰하지 않는다고 생각하겠지. 시장도 그런 마찰이 싫은 거고.'

하지만 언제부터 국민들이 경찰을 신뢰했다고?

'말단 형사들은 차라리 신뢰가 가지만, 윗대가리들은 아니라고!'

권력 계층끼리의 상부상조는 두말할 필요도 없고 말이다.

"시장님은 경찰을 한 번도 이용하신 적 없으세요?"

시장의 눈 밑이 꿈틀거렸다.

"흥. 이용하기는, 도움을 받은 거야. 말은 제대로 하라고."

그거나 이거나, 눈 가리고 아웅이지.

시장도 결국은 똥파리거든.

그에게 말했다.

"앞으로는 가급적이면 도움을 받지 않는 게 좋을 것 같습니다."

내 말에 담긴 의구심을 떨치기 위해서인지, 그가 호탕하게 소리쳤다.

"내가 짭새들한테 도움받을 일이 뭐가 있어? 안 그래? 지금도 충분히 당당하다고!"

그러나 그는 개심의 여지가 있는 똥파리였다.

그리고 이용 가치도 있지.

'가치가 없어졌는데도, 그때까지 똥파리 짓을 하고 있다면, 내가 책임지고 모가지를 날려주겠어.'

씁쓸하게 웃으며 말했다.

"네, 알았어요."

"그래서 방법은?"

"국회의원 중에 아시는 분 많으실 거 아니에요?"

"그럼 많지."

그도 파벌에 속해 있겠지. 그리고 실세일 것이다.

"특검 하자고 하세요."

"뭐? 특검을 하자고? 이딴 일에?"

"네, 특검! 필요하면 하는 거죠? 게다가 시장님과 저 사람은 파벌이 다르겠죠?"

당연한 이야기였다.

같은 파벌이었으면, 애초에 뒤통수를 칠 일도 없었을 테니.

"그건 그렇지."

'먹음직한 먹이 하나 던져줄 테니까, 잘들 한번 싸워 보시

라고요.'

"명분은 뭐로 하고?"

그딴 건 만들기 나름이다.

"국민의 혈세가 엉뚱한 놈 아가리로 들어가는데, 명분 하나 못 만들겠어요?"

시장이 씨익 웃었다.

다시 말을 이었다.

"도대체 경찰들이 할 줄 아는 게 뭐냐고 밀어붙이란 말이에요. 의혹을 들춰내자고."

"크크크."

"어중간한 힘으로 밀어붙이면 어렵겠지만, 특검으로 끌고 가면 좀 다르지 않겠어요? 거기다가 대통령을 적당히 꼬신다면 충분히 가능하죠."

"성훈이. 넌 승산이 있다고 보는 거지?"

나는 자신 있게 고개를 끄덕였다.

경주 시장이 한 일은 드러나지만 않았을 뿐 분명한 사실이었고, 그리고 지금까지의 드러난 정황은 내게 확신을 주었다.

"그 물꼬는 제가 터 드릴게요."

"어떻게?"

"울산신문에 말해둔 게 있습니다. 조금만 기다리면 결과가 나올 겁니다."

"그렇단 말이지. 흐흐흐."

시장이 의미심장하게 고개를 끄덕였다.

나는 그들의 싸움에 끼어들 생각이 없었다.

그저 먹잇감 하나를 던져놓을 뿐이다.

울산신문이 가져온 고깃덩이에 약간의 양념을 묻히고 미래의 지식을 첨가한, 향기로운 MSG를 듬뿍듬뿍 뿌려서 말이다.

대목장을 대신할 사람을 둘이나 구한 경주 시장은 최 옹에게 흥미를 잃었고, 그는 시청으로 돌아갔다.

울산 시장은 최 옹에게 협업하기로 약속을 받았고, 우리는 울산으로 돌아왔다.

그의 첫 번째 일은 나의 박람회 건이 될 것이다.

다음 날 시장과 경주 시장 건으로 작전을 짜고 있는데, 홍 기자가 찾아왔다. 내게 정보를 구하기 위함이었다.

"성훈 씨, 시장에 대해서 조사를 해봤는데, 구체적인 정보를 찾기가 어렵네요."

어디서부터 시작할지 감이 안 잡히겠지.

그들은 취재를 할 뿐, 강제적으로 증거를 찾을 권한이 없기 때문이리라.

"일단 흔드세요. 의혹이 있는 부분을."

"그것도 범위가 너무 넓어서 쉽지 않아요."

그의 말에 지난 삶의 기억이 떠올랐다.

'거기에 대해서는 내가 아는 게 좀 있지.'

"아마도 그들은 유적지를 조사하면서 인건비 내역을 조작했을 겁니다."

몇 년 전이라면 전산화가 완벽히 자리 잡지 못했을 때이니, 수기로 인건비 내역을 작성했을 것이다.

매일 바뀌는 사람들의 숫자를 임의로 조작하는 것은 그다지 어려운 것도 아니었으리라.

"그럼 경찰에서는 왜 증거를 찾지 못했을까요?"

마땅히 나올 수 있는 합당한 질문이었다.

"뜨내기 일용잡부를 고용했다고 하면 정확한 조사가 어려웠겠지요."

그 조사를 맡았던 경찰이 무능했든지, 혹은 뒤를 봐줬든지, 어쨌거나 그들은 자기 일에 충실하지 않았던 것이다.

고민의 결과가 두통이었을까?

홍 기자가 머리통을 움켜쥐었다.

"밤새 생각을 해봤지만, 경주 시장은 파고들기가 너무 어려워요."

"홍 기자님, 공략 상대를 좀 바꾸는 건 어떨까요?"

"네? 상대를 바꾸다니요?"

"문연 부소장을 말하는 겁니다."

계속 경청하던 시장이 의아한 표정으로 끼어들었다.

"성훈아, 왜 시장이 아니라, 그 수하를 캐라는 거냐? 치려면 대가리를 팍 쳐 내야지."

호탕한 그를 보자 웃음이 났다.

하지만 홍 기자 또한 같은 생각인 모양이었다.

'머리가 안 되면 발바닥이라도 때려라.'

송강호가 그랬었지.

'이 손! 이 손은 니 거 아니야? 엉? 씨발 놈아.'

둘을 보며 말을 이었다.

"거기에는 두 가지 이유가 있습니다."

"두 가지나 있어?"

"네, 첫 번째는 시장을 바로 공략할 경우, 그건 비리 사건이 아니라, 누군가의 정치적 공격으로 보일 가능성이 있습니다. 그리고 수사가 들어가도 표적 수사라며 삐딱한 시선으로 보겠죠."

"흠, 그런가?"

의문을 갖는 시장 대신 홍 기자에게 물었다.

"이런 생각 안 해보셨어요? 똑같은 종자들이 서로 씹어 먹겠다고 아귀다툼을 하는구나. 라고요."

"확실히 그렇게 보일 수도 있겠군요."

"누가 되었든 간에 홍 기자님의 배후가 있다고 생각할 겁니다. 혹은 사주를 받았던지."

"그건 과한 해석입니다. 모든 기자가 그런 것은 아닙니다."

자존심이 상한 듯 홍 기자의 얼굴이 붉어졌다.

"과한 해석이나 과도한 염려일지도 모르겠지만, 굳이 불필요한 의심을 살 이유는 없지 않을까요?"

홍 기자가 고개를 끄덕였다.

"과연 그렇겠군요. 그럼 두 번째 이유는?"

"그는 시장의 비호 아래 문연의 부소장이 되었습니다. 곧 소장이 될 예정이구요."

홍 기자도 그 말에 고개를 끄덕였다.

"맞습니다."

"그는 건드리기 쉽습니다. 아무도 정치적 책략이라 의심하지 않을뿐더러, 그리 중요한 인물로 보이지도 않습니다."

"그러니까 몸통을 끌어내기 전에 꼬리를 먼저 치겠다. 그거냐?"

시장의 말에 고개를 끄덕였다.

"물론 그 사람이 실제로 전통 문화에 대한 이해가 깊고 그 부분에서의 실적이 뚜렷하다면 이야기를 풀어가기가 좀 어렵겠지만."

홍 기자가 입술을 일그러뜨렸다.

"음, 그 부분은 염려하지 않으셔도 될 것 같습니다. 전형적인 줄타기로 승진한 인물이니까요."

"그렇다면 그런 인물이 어떻게 문연의 실세가 될 수 있었을까 하면서 의혹을 제기하는 거죠."

시장이 그들을 비웃었다.

"능력도 없는 놈이 그 자리에 올랐으니, 당연히 의문이 생기겠군. 그것도 아무도 모르는 사이에 슬그머니 그 자리에 앉혔으니 말이야."

"하지만 중요한 건 따로 있습니다."

"그게 뭔데?"

"지금까지 제가 말한 건, 현재로는 모두 의혹일 뿐이라는 겁니다."

"이렇게 아구가 딱딱 맞는데?"

'시장님은 좀 가만히 계세요. 홍 기자한테 말하고 있는데.'

내 말을 듣는 홍기자의 표정이 어두웠다.

시장은 그걸 보지 못한 것 같았다.

"그 의혹을 끄집어내서 확신으로 만드는 게 기자들이 할 일이잖아. 안 그러냐? 성훈아?"

"성훈이, 연구 좀 했는데? 하하."

그는 경주 시장의 강제 퇴임이 머지않은 현실이라고 생각하는 모습이었다.

'제가 어제 시장을 주인공으로 소설 한 편을 써봤거든요. 권력의 흥망성쇠를 주제로.'

그럴 정도로 가치 있는 인물은 아니었지만, 미운 놈을 어떻게 처리할지 고민하는 시간은 아깝지 않았다.

놔두면 두고두고 내 앞길을 막을 놈인데, 반드시 밟고 지나가야 하지 않겠어?

"성훈아. 이렇게 공격이 들어가면 경주 시장은 정신 못 차리겠는데?"

"그러라고 하는 겁니다. 자신을 표적으로 한 게 아니니까, 좀 더 반응이 느리겠죠. 그리고 그 수하 정도는 충분히 커버할 수 있다는 생각인지도 모르고."

적어도 경주에서는 그를 함부로 건드릴 사람이 없으리라.

"그런데도 제정신을 차리고 반격을 해온다면 어쩔 거냐?"

'누구에게 반격을 한다는 거지?'

신문사? 울산 시장?

그들에게 대놓고 말할 수는 없지만 둘 다 내게는 꼬리일 뿐이었다.

'누가 생각이나 하겠어?'

겨우 약관을 넘은 애송이가 주모자란 걸 말이다.

경주 시장에게 내가 남긴 이미지는 곤란할 때 쓸 만한 장인 두 명을 소개시켜 준 착한 젊은이였다.

그리고 지금 내 앞에는 시장과 기자가 있다.

다른 인맥을 이용할 수도 있겠지만, 그는 그렇게까지 공들일 가치가 있는 인물이 아니었다.

'이 둘만으로도 차고 넘치지.'

홍 기자는 찌르고, 시장은 막아내고.

시장에게 너스레를 떨었다.

"그때는 시장님이 알아서 막아주셔야죠."

"정말이야?"

대책이 없다는 말에 그가 여우 눈을 흘기더니, 내 얼굴에 맺힌 미소를 보고는 호탕하게 웃었다.

"허허허. 그러지. 나만 믿어."

시장이 말을 이었다.

"그렇다고 쳐도, 내가 직접 나서기는 곤란한데."

시장에게 물었다.

"저번 경주 시장 선거 때, 낙선한 상대편 후보가 시장님의 지인이라면서요?"

"그건 어떻게 알았나?"

"어제 잠시 시장님 보좌관과 이야기할 기회가 있었잖아요. 그때 들었습니다."

"그랬지. 그 친구가 낙선하고 나서 많이 억울해했었지."

근소한 차이로 질 수도 이길 수도 있는 판국이었는데, 경주 시장이 대인배 코스프레를 하면서 애매하던 표심을 끌어갔으니, 억울했을 만도 했겠지.

"그분께 억울함을 풀 기회를 드리는 건 어때요?"

시장의 얼굴에 미소가 어렸다.

"그럴까?"

"하지만 일부러 설득하려고 하지는 마세요."

군대로 치면 돌격대장인데, 떠밀려 해서야 의미가 없었다.

"아냐. 설득할 필요도 없어. 이번에도 시장 선거에 도전한다고 했었거든."

"좋군요."

아쉬운 패배였고 억울함을 느꼈었던 만큼 누구보다 집요하게 약점을 파고들 수 있으리라.

'지시하지 않아도 능동적인 움직임을 보이겠지.'

자기 이야기가 끝나자 홍 기자의 얼굴이 보였던 모양이다.

"홍 기자, 자네 안색이 왜 이리 안 좋아?"

"아, 아닙니다."

"아니긴 뭐가 아냐? 말해봐!"

시장이 홍기자의 대답을 재촉했다.

그에게 말했다.

"내키지 않는다면 하지 않으셔도 됩니다."

대안은 많았으니까.

"끙."

"그래도 하시겠다면 불쾌한 이유를 말씀해 주십시오."

"그러니까 성훈 씨는 시장을 끌어내리기 위해서 문연 부소장을 공략해야 한다. 그리고 '그 출세의 배경에 경주 시장이 있다'라고 폭로한다는 말씀 아닙니까?"

그게 왜? 모르고 있었나?

지금까지 내 일에 잘 협조를 해왔는데, 살짝 핀트가 어긋나는 느낌이랄까?

"네, 맞습니다."

"우리 신문은 음모나 짜는 찌라시가 아닙니다."

화내지는 않았지만 진지한 모습에서 기분이 상했다는 것을 알 수 있었다.

"어허, 누가 찌라시라고 했어? 진정해. 홍 기자."

시장이 다급히 그를 달랬지만 이미 늦었다.

피가 끓는 열혈 기자였던가?

한편으로는 코웃음이 나왔다.

'찌라시가 아니면서 한 교수를 그렇게 궁지로 몰아넣었단 말이야?'

비록 홍 기자 자신이 저질렀던 일은 아니겠지만 울산신문이 했던 일은 찌라시, 그 이하였다.

'모르는 사람을 함부로 판단할 수는 없지만 결과를 보고 판단 내릴 수는 있지.'

찌라시 기자는 아닐지 몰라도, 신문사는 찌라시가 아니라고 말하기 어렵지 않을까?

'하지만 정말 사명감이 있는 기자라면 잘 회유하여 내 편으로 만드는 것이 좋지.'

그러려면 찜찜함을 남겨서는 안 될 것이다.

아! 김성훈. 바쁘다 바빠.

이거 달래랴, 저거 챙기랴.

그를 똑바로 쳐다보며 말했다.

"홍 기자님, 한 말씀 드려도 될까요?"

"말씀하십시오."

"저는 홍 기자님께 찌라시 기자가 되라는 말이 아닙니다."

"그렇겠지요."

씁쓸해하는 표정을 보니 내가 자신을 설득하려 한다고 모양이었다. 흥!

"저는 경주 시장을 끌어내리기 위해서 당신과 당신이 속한 회사를 이용하려고 합니다."

"당연…… 어, 네. 저도 그렇게 들었습니다."

"하지만 제가 당신에게 거짓을 진실이라 포장하라고 했습니까?"

"그런 말을 한 적은 없죠."

"그럼 제가 제게 유리하도록 말을 바꿔 달라고 했습니까?"

"아니죠."

"저는 오히려 당신이 사명감을 가지고, 이 일을 해주기를 바랍니다. 기자로서의 사명감이요."

그가 속이 상하는 것은 나에게 이용당하기 때문이다.

그의 나이 이제 서른 약간 넘었으려나?

아직은 피가 끓는 청춘인 모양이었다.

그에게 달래듯 말을 이었다.

"그저 당신이 방향을 잡지 못하는 것 같기에 제 생각을 말한 것뿐입니다."

그의 눈이 잠깐 꿈틀했지만 말을 하지는 않았다.

"제가 홍 기자님께 원하는 것은 하나입니다. 사실 그대로를 전하는 것. 의혹을 의혹 그대로 전하는 것. 당신의 주관과 성향을 배제하고. 오히려 그게 더 어려울 겁니다."

그가 조용히 고개를 끄덕였다.

"처음에는 비방을 받을 겁니다. 너무 한쪽으로 치우친 거 아니냐고? 나중에 시장을 언급할 때는 더 어려울 거구요."

뻔히 보이는 결과에 그의 대답을 기다릴 필요도 없었다.

"그래서 이렇게 말하는 겁니다. 당신 의견 말고, 의혹만 제기하라고. 그 의혹에 대한 해명과 결론을 내리는 것은 오히려 시민들이 될 겁니다."

사건에 대해 나온 공식적인 결론, 그것이 과연 진실이라고 말할 수 있을까?

오히려 사건에 대한 결론은 사람들 각자가 내리는 것은 아닐까? 같은 사건이라 할지라도 보는 관점에 따라, 처한 환경에 따라, 벌어진 시대에 따라, 각자가 내리는 결론은 저마다 다르겠지.

"제가 당신의 약점을 잡고, 당신에게 기자가 하지 말아야 할 것을 강요한다고 생각했습니까?"

"아니, 그건 아니지만."

물론 지금의 상황은 약간 다르지.

이미 마음속에서 '경주 시장. 당신은 아웃이야!'라고 결론 내리고 있었으니까.

그건 내가 미래를 알기 때문이지, 그 사람 자체가 싫어서 는 절대 아니다.

홍 기자에게 말했다.

"이용 좀 합시다. 저는 경주 시장이 보기 싫고, 당신은 진실 을 알고 싶고. 뭐 어떻습니까. 당신도 저도 원하는 걸 얻는데."

내뱉는 내 말에 그가 피식 웃었다.

"그러시죠."

"그래, 홍 기자. 너무 많이 생각했어. 성훈이 이놈이 사람 약점이나 잡고 그러는 놈 아니야."

시장이 너스레를 떨며 우리 둘을 화해시켰다. 처음에는 이 렇게 말해주고 싶었다. 우리 관계가 왜 이렇게 된 거냐고? 당신네 신문사의 논문 기사 때문이 아니냐고?

그리고 내가 손 내밀었냐고? 당신이 먼저 화해를 하자고 손 내밀지 않았냐고?

하지만 그의 열정 앞에 다 부질없게 느껴졌다.

그에게 손을 내밀었다.

"우리 한번 잘해보시죠, 홍 기자님."

열혈 홍 기자가 내 손을 맞잡았다.

경주 시장을 어떻게 동굴에서 끄집어낼지에 대한 논의가 끝났다.

이용당하는 것이 아니라, 서로 이용한다고 생각을 해서 마음이 편해진 모양인지, 홍 기자도 적극적으로 논의에 뛰어들었다.

'같은 목적을 가진 세 사람이 머리를 모으니, 진행이 빠를 수밖에.'

논의가 끝났을 때, 시장이 물었다.

"나야 이유가 있다지만, 넌 그 인간이 왜 그렇게 싫으냐? 그냥 네 라이벌이라서?"

나와 동일하게 대목장을 노리고 왔으니 그런 말을 들을 수도 있겠지만 나는 심히 불쾌해졌다.

'라이벌이라니! 자존심 상하게.'

그건 그냥 똥 덩어리였다.

만약 라이벌이라 여겼다면 그의 역량을 인정했을 것이다. 또한 경우를 지켜가며 경쟁했겠지.

'하지만 똥 치우는 데도 정도를 지켜야 하나?'

구린내를 풍기는 똥은 그저 치워야 할 것에 지나지 않는다.

똥 치우는 데 공을 들이고, 예의를 다하는 사람을 본 적 있는가?

당장 치우지 않으면 나까지 그 냄새가 밸 텐데.

하나 내가 아무리 낯짝이 두꺼워도, 이런 개인적인 이유를 댈 수 있을까?

"두 가지 이유가 있습니다."

말해보라는 듯 그가 눈썹을 으쓱했다.

"첫째, 비리."

"그거야 당연한 거고. 둘째는?"

"그는 그를 믿어준 시민들을 기만했습니다."

"기만?"

"만약 제 예측이 사실이라면 그는 유권자들의 신뢰를 자기 이익 때문에 배신한 게 되는 거죠."

"흠, 그렇군."

"그게 제가 그를 미워하는 이유입니다."

그는 충분히 사죄하고 재평가를 받을 기회가 있었다. 하나 그는 그렇게 하지 않았다.

그리고 용서받을 기회조차 제 손으로 날렸다.

"이슈를 만들 수 있겠죠?"

홍 기자가 어이없는 표정으로 나를 물끄러미 쳐다본다.

"성훈 씨, 이 계획대로만 되면 어중간한 정치인들은 맥도 못 추고 콩밥 먹어요. 특종이라고 불러도 시원찮을 판에 겨우 이슈라뇨. 제대로 한 방 터뜨리겠습니다."

그는 당장에라도 기사를 쓰고 싶은 눈치였다.

"이걸 홍 기자님께서 진행을 하시되, 몇 가지 부탁을 드려도 될까요?"

"같이 짠 계획인데, 부탁이라뇨. 가당치 않습니다. 뭐든지 말씀하세요."

부탁의 형식을 빌렸지만 내가 말하는 것은 조건이었다.

"첫째, 무슨 수를 써서라도, 이 두 인물의 얼굴을 신문 첫 표지에 올려주세요."

돈 몇 푼 횡령한 게 뭐 그리 큰 죄라고.

일시적인 실수라고 변명할 것이다.

하지만 나는 이 사람들이 나중에 어떤 행동을 하게 되는지 알거든.

얼굴도 알려지지 않고, 유야무야 넘어갔다가는 범죄의 반복을 알면서도 방관하는 꼴이 될 것이다.

나를 바라보는 홍 기자에게 말했다.

"이들의 얼굴을 전 국민이 알아야 합니다. 그리고 더 나아가 이들이 전통에 관련된 일을 절대로 할 수 없게 만들고 싶습니다."

"무슨 말인지 알아들었습니다."

"둘째, 차후로 전통에 관련된 비리가 발생할 때, 항상 이 두 인물을 떠올릴 수 있게 기사를 편집해 주십시오."

"하지만…… 그건."

"부담이 되십니까?"

"아무래도 그렇죠. 쥐도 구석에 몰리면 덤벼듭니다. 이미 그때가 되면 시장은 힘이 없을 겁니다. 그런데도 계속 그들을 괴롭히는 건…….”

이런 사람들은 끈질기다. 특히나 돈맛과 권력의 맛을 본 자들은 거기서 벗어나지 못한다.

끊임없이 복귀를 위해 수를 쓸 것이다.

"경주 시장의 수하가 지금 어떤 위치인지를 보세요. 잠시만 관심을 놓아도, 금방 복귀를 해버린다고요. 마치 아무 일도 없었던 것처럼.”

경주 시장이 그의 뒤를 봐준 것처럼, 시장의 뒤를 봐줄 사람이 없다고 누가 장담할 것인가?

"그렇기는 하지만.”

염려하는 그를 위해 수위를 낮췄다.

"홍 기자님, 꼭 이름이나 사진을 등장시킬 필요는 없습니다. 그냥 경주를 언급하거나, 혹은 전 경주 문연 소장 정도로만 언급해도 됩니다.”

누구나 현재의 경주 시장을 떠올리겠지만, 이름을 언급하지 않았기에 시비를 걸 수는 없다. 시비를 거는 순간, 언급된 인물이 자신이라는 것을 시인하는 꼴이 될 테니까.

"누군가를 상기하는 것은 구독자의 마음이지, 신문사의 잘못이 아니잖아요. 그렇죠?”

"그 정도라면 충분히 가능합니다.”

홍 기자가 미처 생각하지 못하는 것이 있다.

'이제 곧 인터넷의 시대가 되지. 전통 관련 비리사건이 터질 때마다, 시장의 이름과 행적을 퍼 나르는 사람들이 생길걸? 흐흐.'

"셋째."

"또 있습니까?"

"총 네 가지입니다."

"끄응, 말씀하십시오."

"각 지역 신문들과 연계해서 분기마다 한 번씩 그 지역 전통에 관해 소식을 전하는 겁니다. 비리를 캐든지, 아니면 좋은 소식을 전하든지."

또 다시 홍 기자가 난감한 표정을 지었다.

"성훈 씨, 저는 그렇게 인맥이 좋지를 않아서."

"한국은 좁습니다."

좁디좁은 한국에서 안 되는 게 어디 있어?

'얼굴에 철판 깔려면 아직 멀었군.'

그는 동의하며 다음 말을 기다렸다.

"나도 정보 하나 줄 테니, 네 것도 나눠달라고 하세요. 인맥 넓히는 게 별겁니까? 하다 보면 느는 거죠."

한 가지 직종에 오래 몸을 담고 있으면, 그 계통 소식에 빠삭하게 되는 날이 온다.

"두 다리 걸치면 한국에서 모르는 사람이 없다는 게 빈말이 아닙니다."

"노력해 보겠습니다."

"노력을 결과로 만들어서 보여주세요."

핑계가 시작되면 끝이 없다.

바로 말을 이었다.

"마지막으로 그들이 다시 공직에 앉는 일이 생긴다면 저에게 바로 알려주십시오."

"그건 왜요?"

그들은 대담하게 공금을 착복했지만 단 한 번을 걸리지 않았다.

'십 년을 아무 이상 없이 이득을 취했는데, 배후가 없다면 오히려 이상하지 않아?'

그 배후에게는 전통이라는 분야 또한 수금 대상의 일부일 뿐이겠지만.

하지만 나는 아직은 그 배후에 대해서 관심이 없다.

내가 무슨 정의의 사도도 아니고, 내 앞길에 피해를 끼치지 않는 자들과 실랑이를 하기에는 내가 너무 바쁘다고.

'대신 경주 시장 패거리만큼은 반드시……'

"그들이 다시 그 자리에 앉는 것만큼은 용서가 안 되네요."

"하지만 실제로 그런 일이 생길까요?"

"오히려 그런 일이 없다면 이상하겠죠."

이미 맛을 본 자들이 그 자리에 대한 미련을 버릴 수 있을까? 이가 다 썩어가도, 혀를 녹이는 그 달콤함을 잊을 수 없을 텐데? 돈을 바치든, 연줄을 이용하든, 수단과 방법을 가리지 않고 청탁을 할 것이다.

초록은 동색!

똑같은 놈들끼리 무슨 일이 일어날지는 눈 감고도 알 것 같지 않은가?

"만의 하나라도 그런 일이 생긴다면, 다시 한 번 대청소를 할 수 있겠죠."

사실 마지막 요구가 가장 어려운 일이었다.

항상 그들의 동향을 파악하고 있어야 하니까.

경주 시장, 그리고 그 똘마니.

평생 대중들 앞에 나타나지 말고 살아라.

나오는 순간, 다시 수렁으로 밟아 넣어줄 테니까.

"음, 알겠습니다."

홍 기자가 진지한 얼굴로 말을 이었다.

"하지만 성훈 씨, 이건 너무 과한 처사라고 볼 수도 있지 않을까요?"

그 말을 인정했다.

"그렇게 볼 수도 있죠. 이보다 더한 일을 했어도, 언제 그랬냐는 듯 복귀를 하는데."

"그렇죠. 제 말이 그겁니다."

안타깝지만 그게 우리네의 현실이었다.

죄를 저지르고, 용서를 구하고.

그럼 또 용서해 주고, 다시 국민들을 속이는 범죄를 저지르고.

이런 단순한 패턴의 끝없는 반복.

"굳이 말하면 일벌백계의 성격이 강한 거죠. 아무도 섣불리 시도하지 않으니, 우리가 한번 해보죠."

"다른 곳에서 뭐라고 하지 않을까요?"

"까짓것 돌 좀 맞죠. 그거 한 번에 보기 싫은 놈 평생 안 볼 수 있다면 남는 장사 아닌가요?"

하지만 내게 돌 던질 자가 있기는 할까?

내가 누군지 알고?

신문 구독자 누구도 내 존재를 모를 텐데.

내 말에 홍 기자가 어이없다며 웃었다.

"굳이 그렇게까지 할 가치가 있겠어요?"

"'한 번의 실수라고 할지라도, 평생을 정치에 복귀할 수 없다!' 혹은 '아무리 능력이 있어도, 그 계통에서는 일할 수 없다!'라는 경각심을 가진다면, 죄를 범하려 할까요?"

그가 도리질을 했다.

"어렵겠죠."

"'실수였으니, 너그러이 봐주세요'라는 말이 입에서 나올까요?"

과연 그렇게 변명할 시간이나 있으려나?

"그 또한 불가능하겠죠. 걸리는 순간 아웃당할 테니까요."

"더불어 한국인의 삼세번을 악용하는 정치인들도 점점 사라지겠죠."

'세 번까지는 용서해 줍시다.'

삼면이 바다로 둘러싸인 좁은 반도.

북한이라는 적국 때문에 실제로는 섬나라와 동일한 국제적 위치를 가지고 있다.

그런 탓에 인물이 없었겠지.

'하지만 그 덕에 나라가 이 꼴이 되었다고.'

그 정도 실수는 누구나 할 수 있는 것 아니냐고?

'개소리하지 마라.'

평생토록 남을 속이지 않고 산 사람도 많고, 남에게 피해 끼치지 않고, 스스로 손해 보며 사는 사람도 널리고 널렸다. 남들이 모름에도 불구하고, 한 번의 실수에 스스로 참회하며 사는 사람도 많다.

하지만 정치인들은 뻔뻔해서, 용서를 받으면 그 잘못이 없어졌다고 착각하지. 오히려 용서해 줬으면 끝이지, 뭘 또 들 먹이냐고 적반하장격으로 말한다.

'그 사람이 없으면 안 될 것처럼 설레발 치지만, 알고 보면 대안은 얼마든지 있다고.'

"그럼 이 계획대로 진행하겠습니다."

홍 기자가 자리에서 일어섰다.

학교로 돌아오는 길에 카미를 길가에 세웠다.

내 안에서 질문이 쏟아져 나왔기 때문이다.

－야, 김성훈. 넌 정말 경주 시장이 그런 비리를 저지른다고 확신할 수 있어?

내가 지금의 삶으로 돌아온 후, 역사는 계속 바뀌었을 것이다.

그 변화의 원인은 나였다.

내 속의 김성훈은 그걸 지적하고 있었다.

미래를 알기 때문에 아직 일어나지도 않은 일을 미리 단죄한다는 게, 과연 정당한 일일까?'

－평행 세계일 수도 있잖아. 안 그래?

같아 보이지만, 전혀 다른 세상!

내 스스로도 의문은 있었다.

경주 시장은 과연 미래에 그런 일을 저지를까?

그렇지 않다면, 나는 내가 보기 싫다는 이유로 엉뚱한 사람을 괴롭힌 것이 아닐까?

다행스럽게 변명거리가 있었다.

'그래. 그가 아직 아무 일도 저지르지 않았다면, 그의 마음을 돌리기 위해 노력했을지도 몰라.'

'하지만 그는 스스로 속죄의 기회를 걷어찼고, 지금도 비리를 저지르고 있어.'

'그것만으로도 나는 그를 단죄할 충분한 이유가 된다고 생각해.'

−하지만 넌 앞으로도 그를 주시할 생각이잖아. 너무 가혹한 처사인걸!

내 안의 김성훈이 말을 이었다.

−기준을 확실하게 정해. 그는 네게 잘못한 것이 없어. 적어도 아직은…….

그에게 설득당했다.

'젠장! 알았어. 그가 전통 관련의 일이나 정치의 전면에만 나서지 않는다면 터치하지 않겠어.'

−그래, 잘했어. 너와 관련도 없는데, 그를 괴롭히는 것은 명분이 부족해.

'하지만 그게 내가 할 수 있는 최대한의 양보야.'

하나 내 앞길을 방해하는 일이 생긴다면, 가차 없이 과거의 일까지 끄집어내며 밟아버릴 것이다.

그 후 몇 달 뒤, 경주 시장과 문연 부소장이 수갑을 찼다는 소식을 전해 들었다.

홍 기자와 시장은 통쾌해했지만, 나는 입안이 씁쓸해져 마른침을 뱉었을 뿐이다.

'나는 전통과 건축으로 성공할 거야.'

나는 왜 전통이라는 항목을 선택했을까?

우리나라 전통이 너무너무 위대해서?

중국인이나 로마인들이 들으면 코웃음 칠 거야.

'그저 내가 알고 관심이 있으며, 미래에 핫 아이템이 될 가능성이 있기 때문이지.'

아직 아는 사람이 적고, 유일하다는 장점도 있다.

내가 성공가도를 달리게 되면 내게 딴죽을 거는 사람이 없을까?

'욕심쟁이! 전통을 이용해 제 잇속만 차리는 이기주의자!'라고 비난하는 이가 있을 것이다.

당연히 배가 아프겠지!

어떻게든 그 열매를 자기도 따먹으려 하지 않을까?

그러려면 나를 끌어내리려 할 것이다.

자신이 그 자리를 차지하고 싶을 테니까.

'당연한 본능이지. 치졸한 인간의 본능.'

어떤 말로 나를 매도할지도 훤히 보인다.

'조상들이 만들어 놓은 전통 문화 콘텐츠를 독점하고 있다. 무슨 권리로 그러는 거냐!'

아무런 노력도 없이, 그저 한민족이라는 이유로 그 과실을 공유해야 할까?

'그렇게나 고귀한 혈통이야?'

만약 전통은 한국인 모두의 것이니, 좋은 결과를 다 같이 향유해야 한다고 나를 핍박한다면?

이렇게 반문하겠다.

'내가 전통을 지키려고 고군분투할 때, 너희들은 뭘 했느냐!'고.

일하지도 않은 자가 숟가락을 들이밀면, 어떻게 되는지 손수 몸으로 보여주는 수밖에 없다.

'내 뒤를 따르는 후발주자도 분명히 존재하겠지.'

이미 만들어 둔 길 따라오기만 하니, 거저먹기로 보이겠지.

하지만 그건 오산이다.

'약국 가서 살충제 주세요'라고 말할까?

'에프 킬라 주세요'라고 할까?

선발주자가 자리를 쉽게 굳히는 데는 분명한 이유가 있고, 내가 그렇게 만들 거거든.

'오히려 더 힘들걸, 아니, 엄두도 나지 않을걸!'

왜냐고?

인재들을 싹쓸이해 버릴 셈이니까.

전통 문화의 인재풀은 대목장이 관리하고, 그는 '김성훈호'의 항해사가 될 것이다.

그게 최 옹을 선택한 첫 번째 이유다.

나를 드러내지 않고, 은밀하게 경주 시장을 정리하는 것은 두 번째 이유다.

나를 비난하는 자들에게 이렇게 말할 것이다.

'나는 정당한 권리가 있어!'

63장
뜻밖의 발견

대목장의 울산 진출은 순조롭게 이루어졌다.

오히려 총장이 당황했다.

"어. 아직 학과가 만들어지지도 않았는데?"

"그러게요. 저도 시간이 좀 걸릴 줄 알았는데, 이렇게 되었습니다."

"박람회도 연말이라 아직 시간이 많은데……."

"그 준비는 빠를수록 좋습니다. 시간이 많은 만큼 더 많은 것을 시도할 수 있을 테니까요."

우리는 학생이었다.

실패를 하더라도 언제든지 기회가 있는.

그것이 학생과 직장인의 차이점이 아닐까?

'물론 그렇다고 해서, 대충 하지는 않을 거라고.'

어쩌면 이 작업은 내가 학교에서 하는 마지막 작업일지도 모른다.

왜냐고? 4학년 때는 실습하러 다니느라, 학교에 붙어 있을 시간이 없을 테니까 말이다.

총장이 수긍했다.

"흐음. 알겠네. 일단은 산학협동관이 다 채워지지 않았으니, 그 일부를 전통학과가 사용하도록 내어 주도록 하지."

"좀 넉넉하게 내주십시오."

"그건 왜?"

"대목장을 시작으로 더 들어올 분들이 있을 테니까요."

"그러도록 하게나."

이미 총장과는 연초에 학생회장 선거에 나갈 때부터 미리 협의가 되어 있었으므로, 별문제가 없었다.

"다른 학과의 지원도 잘 부탁드립니다."

총장이 미소를 띠며 찻잔을 들이켰다.

"걱정 말게나. 최고의 인재들로 선별해서 보내도록 하지."

그렇게 연말에 있을 박람회를 위한 긴 여정이 시작되었다.

학생회장실로 민수가 찾아왔다.

"성훈이 형. 시간 좀 되세요?"

내 책상에 쌓인 서류 더미를 보더니, 말 걸기가 미안했는지, 뻘쭘하게 말을 걸었다.

"잠깐만. 이것만 보고 이야기하자."

회장이란 권력의 자리인 줄 알았거늘, 하면 할수록 일거리가 늘었다. 시작하지 않았으면 몰라도, 기왕 손에 쥔 거라면 끝을 봐야 하지 않겠는가? 거기다 좀 있으면 열릴 '대동제' 때문에 정신이 하나도 없었다.

그래서 잠시 민수에게 박람회 건은 일임시켜 놓고 있었다. 대목장이 있으니, 자질구레한 일들은 알아서 처리할 거라 생각하며 마음을 놓았던 것도 있고 말이다.

"총무랑 회계는 어디 가고 형 혼자 계세요?"

"그놈들 바쁘다. 각 학생회 쫓아다니면서 협의하느라고 말이야."

잘나고 부지런한 상사 밑에 있으면, 부하의 신발창이 거덜나는 법. 나 같은 회장을 만난 덕에 기존의 총무와 회계도 쉴 틈이 없었다.

"그렇게 부지런한 놈들이었어요?"

"몰라. 나하고 같이 있기 싫은지, 일을 만들어서 나가더라. 그게 나야 편하지만."

결과가 없다면, 아작을 내겠지만, 무슨 수를 썼는지, 학생회들 간의 조율을 적절하게 하고 있었다.

검토가 끝난 서류를 옆으로 치웠다.

"무슨 일 있어?"

"형. 컴퓨터과 친구들이 바뀔 것 같아서요."

"왜? 트러블이라도 있어? 걔네들 일 잘하던데?"

컴퓨터공학과와는 작년부터 왕래가 있었기 때문에 학과장이 특별히 신경을 써 줬었다.

그래서인지 지원하러 온 친구들의 실력도 마음에 들었었다. 그런데 거기서 문제가 생겼다니 의아했다.

"앞으로 자신들은 못 나오겠대요. 다른 사람으로 대체하겠다고 하더라고요."

"흠. 이유는 말 안 하고?"

"개인적인 일이라고 하더라고요."

"그 친구들 실력이 제일 좋을 텐데."

"담당자에게 전화를 해보니까, 좀 있다가 연락을 주겠다고 하더라고요."

"담당자면? 꼬꼬마?"

"네. 정희 씨요."

워낙 작은 체구라서 그렇게 놀리고 있었다.

그녀가 있는 곳에서 꼬꼬마라 했다가는 등짝이 남아나지 않겠지만.

생각만 해도, 피식 웃음이 나왔다.

"대안은 있고?"

민수가 입을 삐죽이더니 대답했다.

그로서는 마땅한 대안이 없는 모양이었다.

"좀 어려울 거예요. 정희 씨도 그것 때문에 난감한 모양이
더라고요."

나도 알고 있었다.

제일 뛰어난 인재들을 보냈는데, 대안이라고 해 봐야 그보
다 실력이 떨어지는 학생들이겠지.

그건 차선책이지, 대안은 아니었다.

"그럼 일단은 정희랑 통화를 해 봐야겠네. 그거 말고 다른
일은?"

민수가 어깨를 으쓱이며, 내 책상에 쌓인 서류로 시선을
보냈다.

"자질구레한 일이 있지만, 제가 알아서 처리할 수 있어요.
신경 쓰지 않으셔도 돼요."

서류에 둘러싸인 나를 배려하는 말이리라.

사람을 대하기 꺼려하는 성격으로 봐서는 자신도 지금의
일이 벅찰 텐데 말이다.

'그래도 불평 한마디 없이 해주니 고맙네.'

민수가 듬직해 보였다.

그를 바라보며 말했다.

"형이 필요하면 바로 부르지 그랬냐?"

대수롭지 않게 말하는 나를 물끄러미 쳐다본다.

"형이 있었으면 바로 해결은 됐겠죠."

"그런데?"

"결과적으로는 해결되지 못했지만, 다른 과 학생들이랑 많이 친해졌단 말이에요."

애초의 걱정과 달리, 민수는 이 일에 굉장히 적극적으로 임했다.

이제 자신이 책임자라는 것을 자각한 것인가?

그게 아니라고 해도, 내 짐을 나눠지려는 모습이 기특하지 아니한가?

"미안하네. 너무 큰 짐을 안겨준 것 같아서."

말은 그렇게 했지만 다분히 계획적이었다.

언제까지 나 혼자서 모든 것을 총괄할 수도 없는 노릇이고, 때가 되면 민수도 대목장처럼 여러 사람을 관리하고, 지시해야 하는데, 언제까지 내게 물어보며 지시할 수는 없는 것 아닌가?

'저 녀석을 키워 놔야 내가 편해지니, 어쩔 수 없지.'

미래를 위한 과감한 투자였다.

'실수 좀 하면 어때. 그걸로 배우는 게 있다면, 그걸로 대만족이라고.'

시간도 여유가 있었고, 문제가 생기더라도 중간에서 잘 마무리해 줄 대목장도 있었다.

'지금 연습해 두는 것도 나쁘지 않은 선택이지.'

그랬던 것이, 대목장이 경주에 일을 보러 간 사이에 일이 생긴 모양이었다.

"이 건은 내가 정희랑 통화해 볼 테니까, 넌 걱정하지 말고, 다른 일이나 처리해."

민수가 문을 열며 말했다.

"형. 너무 무리하지 마세요. 지금도 눈가가 꺼매요."

"하하. 넌 뭐 다른 줄 아냐?"

민수가 나가고 의자에 기대 잠시 생각에 잠겼다.

'건축 모형 몇 개 만드는데, 컴퓨터과가 왜 필요하냐고?'

그럼 꼴랑 건축 모형 몇 개 만드는데, 대목장을 끌고 온 나는 생각이 없는 놈이 되게?

'다 이유가 있어서 끌어들인 거라고.'

다른 사람들은 모르겠지만, 내게는 꼭 필요한 사람들이었다.

핸드폰을 집어 들었다.

"정희니?"

-네. 오빠. 죄송해요. 먼저 전화 드렸어야 했는데.

그녀는 대뜸 사과부터 했다.

그리 큰 잘못을 한 것도 아니고, 작은 트러블일 뿐인데?

'다른 문제라도 있는 건가? 아니면 아직 해결 되지 않았거나.'

-그 선배들이 요즘 예민해서 그래요. 미안…….

"아니. 혼내려고 전화한 거 아니야. 네가 잘못한 것도 아닌데."

수화기 너머로 안도의 한숨이 들려왔다.

─난 또. 오빠가 한바탕 하려는 줄 알고 긴장했잖아요.

"한바탕은 내가 무슨 싸움꾼이냐?"

건너편에서 헤죽거리는 웃음소리가 들려왔다.

"일단 만나서 이야기하자. 건축학과 사무실 알지. 거기로 좀 와라."

정희에게 커피 한잔을 건네며 물었다.

"뭐가 문제냐?"

"그게……."

"민수한테 물어보니까, 자기네 개인적인 일이라고 아무 해명도 없었다던데."

"네. 그 선배들이 하는 일이 있어요."

"학교일 말고?"

정희가 고개를 끄덕였다.

"선배들이 산학협동관에 사무실 따로 내놓고 진행하는 프로젝트가 있어요."

"뭔지 대충이라도 말해 주면 좋겠는데."

망설이는 그녀에게 말했다.

"내가 납득할 수 있는 문제라야 이해를 하고 넘어갈 거 아니니. 지금까지 그 친구들이 계속 진행했는데, 뜬금없이 개인적인 사정으로 내 일을 못하겠다니. 너라면 납득하겠니?"

그녀도 알리라.

납득하지 못하는 일을 내가 유야무야 넘어가지 않는다는 것도.

건축과가 아닌, 다른 학과 사람들 중에 나와 가장 친한 사람은 정희였다.

내게 3D MAX를 배웠던 사람이고, 도산에서 작은 일들은 그녀에게 맡기고 있었다.

덕분에 내 일거리가 줄었지만, 그만큼 시간이 남았으니, 그것대로 좋은 일이었다.

그리고 나를 가장 잘 아는 사람도 그녀였다.

도산 소장과 일을 하면서, 좋은 일만 있었으랴?

그 인간이 어떤 인간인데.

내 사정 봐 주면서 일하는 사람이던가?

매번 나를 한계까지 몰아붙였다.

본전은 둘째 치고, 서비스까지 몽땅 뽕을 뽑으려고 말이다.

'그 와중에서 소장이랑 많이 싸웠지.'

그 광경을 가장 많이 본 사람이 정희였다.

"오빠. 절대 선배들한테 이야기하면 안 돼요."

"그래. 알았어. 뭔지나 말해 봐."

"기업 비밀이니까. 절대로……."

"쓰읍. 알았다니까. 어중간한 허접떼기였으면 이런 말도 안 해. 그나마 능력이 있어 보이니까, 관심 가져 주는 거지."

"선배들이 개발하고 있는 아이템이 잘 돼서, 외국 회사와 계약을 했나 봐요."

"잘 된 일이네."

이미 계약까지 되었으면, 일을 완수하고 잔금을 받으면 될 일이다.

"그런데 그게 무슨 문제야."

"일이 거의 끝나 가는데, 중도금도 안 주고, 계속 변경을 요구한다네."

"그럼 원하는 대로 변경해 주면 되는 거잖아."

"그런데 그게 보통 까다롭지가 않대."

서로 간에 안 맞으면 별수 있나?

"그럼 파기하면 되지. 뭘 그러냐?"

"그게. 금액이 좀 커."

"얼만데?"

"오천만 원."

헐.

학생들에게는 큰 금액이겠지.

일류 기업 초봉이 삼천이 안 되는 시기였으니.

"계약금이 오천이라면, 총 금액은 오억이겠군."

"네 맞아요."

'대체 어떤 프로그램이기에, 그런 금액을 준다는 거지?'

"오빠가 모르는 척하고 가서, 뭐가 문제인지 슬쩍 봐 주는 건 어때요?"

"야! 내가 프로그래밍이 뭔지 아냐?"

이 녀석은 뭐가 막히면 나를 부른다.

내가 무슨 만능인 줄 하는 녀석.

정희에게 물었다.

"일부러 잔금 주기 싫어서 트집 잡는 건 아니고?"

그런 문제라면 더럽게 걸린 거다.

하지만 이름 있는 외국 회사에서 그렇게까지 할까?

한국에서야 비일비재한 일이지만.

"저도 정확히 모르겠어요."

정희에게 아는 것만 말해보라고 했다.

프로그래밍에 관한 말이야, 들어도 알 수 없었다.

"그러니까 네 말도, 그 회사에서 잔금을 주기 싫어서 그럴 가능성이 많다. 그거지."

정희가 고개를 끄덕였다.

"그 선배들 말을 들어보면 그래요."

"아참! 회사 이름이 뭔데."

"오빠도 잘 모를 거예요. 저도 처음 들어보는 회사였거든요."

'혹시 알지도 모르잖아. 지금은 유명하지 않아도, 나중에 유명해질 회사라면.'

뭣하면 잘 해결하고, 그 회사 주식이나 사두지.

"훗. 일단 말해 봐. 알지 모를지 들어봐야 알지."

그녀는 고개를 갸우뚱하며 생각을 떠올렸다.

"'아메리카 스마트 어쩌고저쩌고'라고 하던데. 그렇게 유명하지 않고, 얼핏 들어서 기억이 잘 안 나요."

"아메리카 홈 스마트 시스템?"

정희가 손뼉을 치며 말했다.

"어? 맞아요."

그러더니 바로 고개를 저었다.

"어? 아니다. '아메리카 스마트 시스템'이에요."

비슷한 회사인가? 그게 아니면 나중에 홈이라는 글자를 넣은 것인가?

나중에 홈 네트워크 쪽으로 이름을 날리는 회사였다.

"그런데 그 회사를 오빠가 어떻게 알아요? 나도 모르는데?"

그렇겠지.

아직은 유명하지 않으니까.

"그 친구들, 홈 네트워크 시스템을 만들고 있었던 거니?"

"아뇨. 그냥 네트워크 시스템이에요. 왜 자꾸 홈을 붙이세요?"

정희가 내게 핀잔을 주며 웃었다.

컴퓨터 쪽에서 지금은 어떤 평가를 받는지 모르지만, 내가 처음 접했을 때는 눈이 돌아갈 정도의 신기술이었다.

각 방을 왔다 갔다 할 필요도 없이, 거실에서 혹은 리모컨으로 모든 것을 컨트롤 할 수 있는데, 어찌 신기하지 않았으랴?

홈 네트워크 시스템!

나중에 짓게 되는, 지금으로부터 일이십 년 후에 짓는 고가의 아파트에는 일상화가 되겠지만, 지금은 개념조차 명확하지 않았다.

아직은 기껏 해야 호텔이나 최첨단 건물에서의 중앙제어실에서 버튼 식으로 활용되고 있었다.

나도 고급 주택에 가구를 납품하러 들어갔다가 처음으로 봤었다.

'지금부터 십 년 후쯤이었나? 그 로고를 봤을 때, 역시 미국은 다르구나. 하는 감탄도 했었는데, 그게 우리 대학 학생들이 개발했던 거라고?'

그때의 정확한 정보는 없으니, 내 판단이 틀렸을 수도 있었다.

하지만 이건 제대로 만들면 대박을 친다고.

건설기술에서의 발전은 두말할 필요도 없다.

시대를 10년은 앞당길 수 있지 않을까?

속으로 피식 웃음이 나왔다.

'이거. 갑자기 땡기네.'

정희의 손을 잡아끌었다.

"꼬꼬마. 가자."

"엥? 어딜요?"

그러다가 도끼눈을 떴다.

"오라방! 내가 꼬꼬마라고 하지 말랬지."

철썩!

사무실에는 세 명의 남자가 모니터에 얼굴을 처박고, 키보드를 부술 듯이 쳐대고 있었다.

"김성훈입니다. 이번 박람회를 총괄하고 있죠."

옆에서 정희도 거들었다.

"선배들, 건축학과 학생회장이기도 해요."

"아. 그래? 반갑습니다. 김선우라고 합니다."

정희에게서 내게로 시선을 옮기더니, 악수를 청했다.

그의 말이 이어졌다.

"지원을 갔으면 끝까지 할 일을 다 했어야 하는데, 그러지 못해서 미안합니다. 저희 일이 급해서 도저히 그쪽으로 신경을 쓸 수가 없네요."

그는 내게 탁자를 가리키며 자리를 권했다.

정희가 잽싸게 커피를 내왔다.

"성훈 오빠가 온 이유는요?"

정희의 말을 제지하며 말을 꺼냈다.

'셋 다 팬더가 되어 있는데, 굳이 더 부담을 줄 필요가 있을까?'

그녀가 말하면 변명이나 재촉으로 들릴 우려도 있으니까 말이다.

"그 일을 타박하려고 온 건 아닙니다. 지금 진행하시는 일이 메인이 되는 건 당연하겠지요."

"이해해 주셔서 감사합니다."

김선우에게 물었다.

"어떤 문제가 있는 건지 물어도 될까요?"

그때, 정희가 끼어들어 설명을 늘어놓았다.

"성훈 오빠가 계약에는 빠삭해요. 저도 옆에서 많이 봤거든요? 그런데 손해 보는 걸 한 번도 본 적이 없어요."

아마 정희가 말하는 계약이란, 도산 소장과의 계약을 말하는 것이리라.

'뭐. 소장은 내 봉이었지.'

지난 삶과는 전혀 다른 양상이랄까?

그때는 내가 그의 봉이었는데!

"그래? 정말이야?"

선우들의 상체가 앞으로 숙여졌다.

"실은 저희도 계약 문제 때문에 골머리를 썩고 있었거든요. 도움을 청해도 될까요?"

'크. 정희가 분위기를 잘 잡았네.'

원래는 내가 보여 달라고 부탁을 했어야 하는데 말이다.

옆에서 정희가 나를 보며, 눈을 찡긋 거린다.

'잘했죠. 오라방?' 하는 눈빛.

그녀에게 고개를 끄덕이며 미소를 보냈다.

선우들을 보며 말했다.

"도움이 될 수 있다면, 기꺼이 돕고 싶습니다."

김선우가 일어서며 머뭇거렸다.

"왜 문제가 있습니까?"

"영어로 되어 있는데……."

"상관없습니다."

그들에게서 계약서를 받아서 찬찬히 검토했다.

"모든 계약이 갑의 입장에서 기술되어 있군요."

'갑이 요구하면 을은 요구에 응해야 한다.'의 반복이었다.

갑의 요구 사항만 있으니, 달리 말하면 '노예계약'이었다.

내 말에 그들이 고개를 끄덕였다.

왜 이런 계약을 했을까?

굳이 질문이 필요할까?

책상머리에서 공부만 하던 친구들이 계약서를 봤으면 얼마나 봤을 것이며, 처음에 계약을 할 때, 얼마나 두근거렸을 것인가? 한국의 기업도 아니고, 무려 미국의 회사랑 계약을 하는데 말이다.

'실력을 인정받으려는 욕심에 덥석 계약한 거네.'

사회라는 곳이 그들의 생각만큼 달달하지 않은데 말이다.

게다가 미국이라면, 계약에 더더욱 민감하겠지.

'봉 잡힌 거네. 쯧쯧.'

"그 회사랑은 어떻게 이어진 겁니까?"

김선우의 설명에 의하면, 이 세 명이 일본에서 개최된 프로그래밍 대회에 나갔고, 아쉽게도 수상을 놓치고 말았다.

하지만 이들의 네트워크 프로그램에 관심을 가진 '아메리카 스마트'에서 연락을 해온 거라고 했다.

"그들을 네트워크를 만드는 회사인데, 우리 프로그램이 창의적이라면서, 계약을 하자고 했어요."

"그래서 덥석 계약을 했다?"

"조건이 괜찮았거든요."

조건만 보고 계약 내용을 안 본 게 문제죠.

"그런데 지금 그게 문제가 된다는 거죠?"

"기한 내에 수정 요구를 완벽히 해결하지 못하면 계약 위반이라면서, 위약금을 물으라고 하는 겁니다."

계약서를 흔들며 말했다.

"계약서에 그렇게 되어 있으니까요. 그들은 잘못이 없습니다."

"저희는 최선을 다했는데, 억울합니다."

'그럼 '최선을 다할 경우, 갑도 인정한다'라는 문구라도 써

놓던가?'

그런 조항을 인정할리도 만무하지만.

나도 답답해서 하는 소리라고.

"정 그러면 계약을 할 때, 변호사라도 한 명 대동을 하든 지 할 것이지."

"그때는 이렇게 나올 거라 생각을 못했죠."

어떤 프로그램일까?

내가 생각하는 것과 다를 수도 있었다.

하지만 맞다고 한다면, 충분히 가치가 있었다.

'아메리카 홈 스마트'는 그걸로 급성장을 했거든.

'십 년이나 후의 일이겠지만.'

김선우에게 물었다.

"수정 데이터는 다 넘긴 겁니까?"

"아뇨. 세 번은 넘겼고, 이번이 네 번째입니다."

"기간은?"

"아직 2주 남았습니다."

"그런데 왜? 계약을 운운한 겁니까?"

"한꺼번에 데이터 수정을 요구하면서, 한 달 만에 해달라 는 겁니다. 해보다가 도저히 안 될 것 같아서 시간을 한 달만 더 달라고 했죠."

"그랬더니 안 된다고 했다는 거죠? 계약을 들먹이면서?"

선우들이 억울한 표정으로 고개를 끄덕였다.

'먹튀할 작정인가 보네. 이미 데이터는 어느 정도 받았을 테니.'

해결 불가능한 수정을 요구했다는 것부터가 그럴 가능성이 농후했다.

그들 입장에서는 프로그램도 거의 받았고, 계약금 원금과 위약금까지 받아낼 수 있을 테니, 결코 손해 보는 일은 아니었으리라.

그들에게 물었다.

내게는 확인이 중요했다.

"간단하게 어떤 프로그램인지 설명해 보세요."

"설명해도……."

프로그래밍 언어로 설명하면 당연히 모르지.

당신들은 휴대폰 살 때, 기판이 어쩌고 하는 설명이 필요해?

"제가 알아들을 수 있게, 프로그램의 결과만 말해 주세요. 명령어 어쩌고 같은 것은 싹 빼고."

김선우가 대표로 말했다.

"간단히 말하면, 중앙 제어 시스템을 만드는 겁니다."

"설명 한번 간단하군요."

"그러니까 제가 설명하기 어렵……."

그에게 손을 저으며 말했다.

"간단해서 좋다는 말입니다. 자신의 제품을 한 단어로 설명하지 못하면, 그건 그 제품을 잘 모른다는 말과 같으니까?"

"아! 그렇습니까?"

그가 머쓱한 표정으로 뒤통수를 긁었다.

내 질문이 이어졌다.

"이 프로그램을 건물 전체가 아니라 각 세대에도 적용할 수 있는 거겠죠?"

"아마 조금 바꾸면 가능할 겁니다."

"그리고 총괄적으로는 중앙실에서도 일일이 제어하고 할 수 있겠죠?"

"네. 그것도 가능합니다."

"흠. 그렇다는 말이군요."

'그럼 홈 시스템으로 만드는 건 어렵지 않겠군.'

고개를 끄덕이는데, 정희가 끼어들었다.

"오빠. 그런 건 왜 물어봐요?"

김선우를 보며 말했다.

"단도직입적으로 말하겠습니다."

"뭘 말입니까?"

"그 프로그램, 제가 사겠습니다."

"에엑?"

정희와 그녀의 선배 세 명이 동시에 경악성을 질렀다.

'왜? 내 원래 목적이 그거였는데?'

물론 내 생각에 맞춰 많은 변경이 있어야겠지만 말이다.

김선우가 버벅거렸다.

"하지만……. 다른 회사와 계약이……."

정희도 한몫 끼어들었다.

"오빠. 얼만지는 알아요?"

"오억?"

"그쪽 계약금이랑 위약금까지 하면."

"위약금을 왜 주는데?"

"그럼?"

"불공정 계약으로 무효화시키면 되지."

"가능할까요?"

"계약을 하게 된다면, 그건 제가 걱정할 문제입니다. 당신들은 그것을 할지 말지만 결정하세요."

세 명이 의아해하며, 정희를 바라본다.

"선배들. 성훈 오빠 돈 많아요. 그쵸? 내가 아는 것만 몇 억인데."

하긴 그동안 도산 소장과 일하며 받은 돈만 몇 억이었으니까.

정희가 확신하듯 말을 이었다.

"성훈 오빠 몸값 장난 아니에요! 공모전 한 번만 뛰어도 삼천 이하로는 받지도 않는다고요."

세 명의 눈이 휘둥그레졌다.

'이거 사기꾼 아니야? 어떻게 공모전 한 건에 삼천을 받는 거지?'라는 눈빛.

꼭 말을 해야 아는 것은 아니지 않던가?

그들에게 피식 웃어줬다.

'당신들과 같은 레벨로 생각하시면 곤란합니다.'

삼천 주겠다는 사람이 있으면 할 수도 있는 것 아닌가?

다른 데 가지 말라고, 도산 소장이 자꾸 몸값을 높여주는 걸 어떡하라고?

물론 '다른 건축사들이 같이 해보자며 명함을 건네더라.' 그 말 몇 번 한 거밖에 없다고.

'거짓말은 아니잖아.'

정희의 말에 고개를 끄덕였다.

"정희 말이 맞습니다. 돈은 충분히 있습니다. 그리고 그 회사와의 엮인 문제도 깔끔하게 해결해 드리겠습니다."

"하지만 어떻게……. 미국의 회사인데."

김선우의 말에 엄지와 검지를 동그랗게 말았다.

"돈이면 귀신도 부린답디다. 실력 있는 변호사를 고용하면 됩니다."

내가 굳이 법률적 지식까지 겸비해야 할 이유가 있을까? 건축하기도 바빠 죽겠는데.

"아하. 그러면 간단한 문제겠군요."

김선우가 맥이 빠진 듯, 등받이로 몸을 젖혔다.

잠시 후 김선우가 물었다.

"저희들에게 왜 이렇게 잘해 주시는 겁니까?"

저들에게는 구세주로 보일 수도 있겠지.

그러나 그건 그들의 오산이었다.

'당신들 좋으라고 프로그램 사려는 거 아니거든.'

내게는 자선사업을 할 하등의 이유가 없었다.

어차피 당신들이 쥐고 있어 봐야 10년이나 뒤에 빛을 볼 거라고.

뭐 지금처럼, 다른 곳엔 빼앗길 수도 있겠고.

'하나 이렇게 속내를 보여서는 곤란하겠지.'

"박람회 건을 진행하는 데 있어서, 어떤 트러블도 원치 않습니다."

"하지만 박람회는 연말이나 돼서야 있는 행사가 아닙니까? 아직 서너 달 정도 여유가 있는 것으로 알고 있습니다만."

그 시간이면 충분히 자신들을 대체할 인원을 구할 수 있지 않겠느냐는 말이겠지.

"원래대로라고 한다면, 건축과에서 뼈대를 만들어놓고, 타 학과에 일을 분배할 수도 있었지요."

김선우가 동의하며 고개를 끄덕였다.

하지만 그래서는 타학과들이 건축과의 하청을 받는 꼴이라고. 같이 머리를 굴리며 결과물을 만들고 싶은 거지, 그들에게 명령을 하고 싶은 생각은 없었다.

'음. 어떻게 설명해야 편할까?'

머리를 굴리다가 말을 꺼냈다.

"음식을 만드는 데는 크게 두 가지 방법이 있을 겁니다."

"무슨 의미이신지."

"뭘 만들지 미리 구상을 한 다음, 그 재료들을 구입하는 방식. 그게 첫 번째죠."

"그게 일반적이겠죠."

"그리고 이미 있는 재료로, 뭘 만들지 계획을 세울 수도 있겠죠."

"흠……. 그럴 수도 있겠군요."

모든 일의 방식에는 장단점이 있는 법.

"첫 번째의 방식은 최단 시간에 요리를 만들어 낼 수 있겠죠. 그만큼 로스도 적고 효율적이죠."

그들이 고개를 끄덕였다.

"대신 상식을 벗어나지 못하죠."

뭘 만들지 이미 아는데, 당연히 상식선에서 만들어질 것이다. 그 맛은 요리사의 숙련도에 따라 차이가 나겠지.

"반면 두 번째는 시간과 고민이 더 필요하겠지만, 누구도 상상하지 못한 요리가 나올 가능성이 많습니다. 충분한 숙성을 거친다는 조건이 있겠지만."

김선우도 고개를 끄덕였다.

"그렇군요. 요리가 끝날 때까지는 어떤 결과가 나올지 알 수가 없겠죠."

"저는 누구도 예상하지 못하는 결과를 기대하고 있습니다."

한참 후, 김선우가 말문을 열었다.

"효율성보다는 다양함과 창의성을 살리고 싶다는 말씀이시군요."

"맞습니다."

"사회로 나가면 효율성을 최우선합니다."

일개 부품에게는 아무도 창의성을 기대하지 않는다. 그저 시키는 대로만 잘 해주기를 바랄 뿐.

'그건 블루칼라나 화이트칼라나 마찬가지지.'

침묵하는 그를 보며 말을 이었다.

"이렇게 할 수 있는 시간은 학생으로 있는 지금밖에는 없을 겁니다."

"네. 학생회장의 말에는 공감합니다. 하지만……."

못한다는 말을 듣고 싶지 않았다.

'일단 내 말을 다 듣고 판단하라고.'

"그래서 당신들이 내 일에 반드시 필요합니다. 기왕 식재료를 모을 거라면, 최고의 재료로 모으고 싶은 거죠."

"그래서 지금부터 사람들을 모은 거군요. 미처 그런 생각을 하실 줄은 몰랐습니다."

"어떻습니까? 하시겠습니까? 계약?"

"네. 당연히 해야죠?"

선우들의 얼굴이 밝게 빛났다.

드디어 고생의 해방구를 찾았다는 느낌이랄까.

'그런데 이 친구들 뭔가 착각하는 거 아니야?'

정말 박람회 일 때문에 자신들을 도와주는 거라고?

난 그 계약 조건 그대로 내 쪽으로 옮겨 오려는 건데?

물론 약간의 추가 조항은 있겠지만.

'순수한 친구들일세. 이러니 계약 사기를 당하지.'

하지만 똑같은 노예 계약이라도, 내 건 좀 다를 거다.

그들에게 말했다.

"대신 조건이 있습니다."

정희의 의심스런 시선이 내게로 향했다.

그녀와 눈을 맞췄다.

'꼬꼬마. 너도 알고 있잖아. 내가 절대로 손해 보는 계약은 안 한다고.'

선우가 미간을 모으며 물었다.

"조건이라뇨? 어떤?"

지금 당장 써먹지도 못하는 그걸 내가 미쳤다고 오억이나 주고 사겠어?

바꿔야 할 것 투성이인데!

이십 년의 시간을 일 년으로 줄이려면 얼마나 많은 노력이 들어가는 줄 알아?

그리고 그건 나밖에 못하는 거라고!

세상의 어느 누구도 불가능하지.

'그리고 무조건적인 호의라고 느껴지면, 의심부터 해 봐야

되는 거 아니냐? 이 호구들아.'

하지만 이들의 창의성은 존중해 줄만 했다.

'원래 이 프로그램의 주인은 이들이니까.'

하나 그가 납득할 만한 답을 줘야겠지.

"오억은 제가 저작권을 갖는 비용입니다. 그리고 계약금 포함, 기본적인 조건은 '아메리카 홈스마트'와 같습니다."

선우들이 안도의 한숨을 내쉬었다.

"휴. 저희는 또 다른 조항이 걸리는 줄 알고."

금액을 깎는다거나 하는 그런 것을 염려했나 보지.

'그만한 가치가 있으면 지불한다고.'

"하지만 그것만으로는 제게 아무런 가치가 없습니다."

"그럼……"

"당신들은 각 연봉 3,000에 제게 2년간 고용되어야 합니다. 물론 세부 조항은 제가 정할 겁니다."

1년으로 제시하려고 했지만, 사람이 실수도 할 수 있는 것 아닌가?

선우들이 서로 얼굴을 마주봤다.

셋의 얼굴에는 함박웃음이 걸려 있었다.

새옹지마가 이런 의미 아닐까?

하지만 정희는 그들에게 동참하지 않고, 나를 빤히 쳐다본다.

'무슨 생각을 하는 거야? 오라방. 이렇게 후한 조건을 내

걸 사람이 아니잖아.'

그들의 대답을 재촉했다.

"이래도 하시겠습니까?"

이들에게 선택의 여지가 있을까?

지금 당장 계약금은 물론이고, 위약금까지 도합 2억을 물어야 할 판인데?

세 명이 동시에 나를 보며 말했다.

"당연히 저희야 좋죠! 앞으로는 사장님이라고 불러야 하는 겁니까? 사장님?"

그들의 입에 걸린 웃음에 화답하며 말했다.

"이 프로젝트가 끝날 즈음에는, 당신들 모두 적어도 홈 시스템이 관한 한, 권위자가 되어 있을 겁니다. 2년 후 계약에 대해서는 그때 가서 결정하도록 하죠. 어떻습니까?"

왜 이들을 추가로 비용을 들이면서 고용하냐고?

이건 월급이 아니라고.

그들이 받을 정신적 피해 보상을 미리 지급하는 거지.

내게도 이들 말고는 다른 대안이 없었다.

프로그램이 있다고 한들, 내가 그걸 일일이 분석하는 건 시간 낭비지. 그리고 새로운 사람을 불러서 분석하는 것 역시 마찬가지고.

'구관이 명관이라고, 자기들이 만든 작품이니 더 애착을 가지지 않겠어?'

비밀 엄수 때문에 많은 사람을 고용할 수도 없거니와, 어중이떠중이를 고용해서 기밀을 유출하는 것보다는 기본 틀이 잡힌 이 친구들을 혹사하는 게 훨씬 더 낫다고.

앞으로 나올 결과물에 나도 모르게 웃음이 지어졌다.

그걸 본 정희가 도끼눈을 한 채, 부르르 떨었다.

도산 사무소에서 공모전을 하면서 나에게 갈굼당했던 생각이 나서 일까?

지금이야 그녀도 한 사람 몫을 하는 3D 디자이너가 되었지만, 그렇게 되기까지의 과정이 남달랐다. 다시 한 번 하라면 할까?

'하긴 정희가 내 최초의 직원이었지.'

정희가 나를 보며, 고개를 절레절레 흔들었다.

이심전심.

정희와 나의 시간은 짧았지만, 그만큼 치열했고, 밀도가 높았다.

'흥. 눈치 깠구나.'

'당연하죠! 제가 오빠와 지낸 시간이 얼만데요! 사. 장. 님!'

그녀를 보며, 인상을 팍 썼다.

'다 된 밥에 초치면 죽을 줄 알아.'

그녀가 미간을 좁히며 물었다.

'근데 오라방. 너무 심한 거 아니야?'

'그래서 연봉도 3,000이나 제시했잖아.'

삼송, 현재의 연봉이 2,500 겨우 될랑 말랑 하거든!

'이 정도면 국내 최고의 대우라고.'

'그래도 오빠는 3,000만 원보다 더 많이 뽑아 먹을 거잖아요?'

'당연하지. 본전치기 할 거면 투자 왜 하냐? 내가 대가리 총 맞았냐?'

다시 정희가 고개를 흔든다.

'에구. 저러니까 도산 소장이 오빠라면 고개부터 흔들지.'

'어차피 대안이 없으면, 선택의 여지도 없어!'

공모전에 관한 한, 울산에선 내가 탑이라고!

정희가 계약에 연관되고 싶지 않았던지, 커피를 탄다며 은근슬쩍 자리를 피했다.

'잘 생각했어! 꼬꼬마.'

머리를 맞대고 의논을 하다가, 김선우가 물었다.

"왜 저희에게 이런 호의를 베푸시는 겁니까?"

호의?

이걸 과연 호의라고 생각해야 하는 걸까?

'뭐. 상관없지. 일주일 후면 진상을 알게 될 테니. 계약 파기하자고 빌어도 안 해줄 거니까.'

보기 좋은 떡이 먹기도 좋고, 오는 말이 고와야 가는 말도 곱다.

일단 계약부터 성사시키고 볼 일.

그러자면 저들에게 내 이미지를 최대한 아름답게 포장해야 하리라.

"저는 당신들의 패기로 탄생한 아이디어를 사장시키고 싶지 않았습니다. 이대로 계약이 파기되고 나면, 당신들은 빚더미에 앉을 것이고, 그들은 당신의 아이디어로 승승장구하겠죠."

개인이 기업에게 이길 수 없고, 그 뒤의 일은 불을 보듯 뻔했다.

김선우도 고개를 끄덕였다.

"사실 그랬죠. 어떻게 할 방법도 모르고."

"그 꼴은 못 보죠. 안 그래요?"

"그렇죠. 성훈 씨 덕에 살았네요."

차를 타던 정희가 물었다.

"선배들. 계약금을 받은 거 있으니까, 그걸로 변호사를 고용하면 안 돼요?"

'꼬꼬마! 너 지금 ……'

나와 눈이 마주치자, 정희가 고개를 홱 돌렸다.

하지만 그들의 답이 가관이었다.

셋이 자기 자리의 컴퓨터를 가리키며 멋쩍게 웃었다.

"계약금 받자마자, 컴퓨터부터 바꿨거든요. 이런 일이 생길 거라고 꿈에나 생각했겠어요?"

'휴. 일단은 대안이 없다는 말이군.'

셋을 바라보며 말했다.

"저는 씨 뿌린 자가 열매를 거둬야 공정한 세상이라고 생각합니다."

정희가 작은 소리로 투덜거렸다.

"노동자보다 땅주인이 더 가져가기도 하죠. 자본주의 사회에서는."

'이게 아주 초를 치려고.'

내 눈가가 파르르 경련이 일었다.

그녀가 내 눈을 피하며, 입술을 삐죽거렸다.

"말이 그렇다고요. 말이."

정희가 시원한 주스를 가져와 나눠줬다.

"그래도 선배들. 성훈 오빠한테 혹사당하면, 호의라는 말이 쏙 들어갈 걸요?"

허풍이라 생각했던지, 김선우가 웃었다.

"야! 지금도 충분히 혹사하고 있다고, 이 이상 더 어떻게 혹사당하겠어? 하하하."

그의 말에 맞장구쳤다.

"그럼요. 선우 씨는 지금처럼만 해주시면 됩니다."

'이 친구들아. 이십 년 세월을 일 년으로 단축할 거라고. 의자에 앉을 때마다 신물이 나오게 해주지.'

권위자가 되는 게 어디 쉬운 줄 아나?

딱 과로사로 죽지 않을 정도로만 굴려주지.

정희가 그들의 뒤에서 팔짱을 낀 채, 머리를 절레절레 흔들고 있었다.

그녀의 혀 차는 소리가 들리는 듯했다.

'불쌍한 중생들! 늑대를 피해서 범 아가리로 기어들어가네. 쯧쯧쯧.'

김선우가 일어나 손을 내밀었다.

"성훈 씨. 계약 부탁드립니다."

그의 손을 맞잡고 흔들었다.

"최고의 작품을 만들어 봅시다. 박람회 건도."

"그럼요. 해결해 주실 줄 알고, 박람회 건도 최선을 다하겠습니다."

돌아오는 길은 가슴이 뿌듯했다.

앞길이 창창한 프로그래머, 몇 살린 것만으로도 충분한데, 돈이 될 나무까지 얻었다.

'아메리카 머시기'의 생각은 잘못되었다.

프로그램만 빼먹고, 저들을 버릴 속셈이겠지.

'될 성 부른 나무를 장작으로 만들어서야 쓰나?'

고이고이 길러서 열매를 거둬야지.

내 안의 김성훈이 물었다.

-너 완전 악당에, 사기 케릭인 거 알지?

'당연히 알지.'

'하지만 생각해 보라고.'

─뭘?

'이 계약은 분명히 깨어지게 되어 있어. 아마 이들은 혹사만 당하다가 인생이 망가질 거야. 소송을 건다면, 이 친구들이 이길 수 있을까?'

─아니. 소송 자체가 불가능하겠지. 소송에도 돈이 들 테니.

'저들에게 다른 대안이 있을까? 나처럼 그들의 가치를 알아줄 사람이 있느냐는 말이야.'

그가 고개를 저었다.

아직 이 프로그램은 시기상조였다.

─지금까지 넘긴 데이터로 '아메리카 스마트'가 먼저 홈 시스템을 만들 가능성도 있지 않겠어?

그의 물음에 웃음이 난다.

'콜럼부스의 달걀이라고. 이건. 그들이 몇 달을 고민해야 하는 결과를 난 이미 알고 있다고.'

아는 사람에게는 아무것도 아니지만, 모르는 사람은 죽었다 깨어나도 모른다.

왜 십 년 후에나 이런 시스템이 나오는지를 생각하면 답은 간단하다.

그때까지 안 나왔다는 말이다.

'아메리카 머시기. 아직 유명하지 않다고? 영원히 유명하

지 못하게 해주지.'

 −휴. 맘대로 해라.

 손을 마주 비비며 웃었다.

 "이제 느긋하게 변호사만 찾으면 된다. 이 말이지."

⁂

 전화가 울렸다.

 "곽 이사님. 어쩐 일이십니까?"

 −성훈 님. 부탁드릴 게 있어서 말입니다.

 "말을 놓으라고 말씀드렸잖습니까?"

 −둘이 있을 때는, 그게 영 익숙하지 않아서 말입니다.

 "편할 대로 하세요. 무슨 부탁이신대요?"

 '그가 내게 부탁할 일이 뭐가 있을까?'

 딱히 생각해봐도, 중동 관련 일밖에 없었다.

 −이번에 우리 현재건설이 사우디의 입찰 과정에서 마찰이 있었습니다. 그 건으로 그쪽에서 소송을 걸었습니다.

 "그래서요?"

 −성훈 군께서 알리 왕자에게 전화를 한 통 해주셨으면 해서 말입니다.

 "그걸 제가 왜 해야 하는데요?"

 괜히 알리에게 신세를 질 이유가 없었다.

필요하다면 곽 이사가 직접 하면 될 것 아닌가?

"알리에게 신세를 지고 싶지 않은데요."

저번에 프랭크 건으로도 신세를 졌단 말이지.

물론 알리는 좋다면서 승낙했지만, 빚진 기분이 남는 건 어쩔 수 없었다.

─알리 왕자에게도 좋은 일이 될 수 있습니다.

"그게 무슨 말씀이세요?"

─중동 내부의 썩은 고름을 짤 수도 있거든요.

"자세히 말씀해 보세요."

곽 이사의 설명은 이랬다.

중국 쪽에서 저렴한 인건비를 내세우며 입찰에 참가했고, 그와 동시에 건설 관련 공무원들에게 무한 로비를 하고 있다는 것이었다.

이번 건의 경우도 중국 쪽의 로비를 받은 공무원이 고의적으로 클레임을 건 것이 이 일의 시작이었다고 한다.

낙찰은 유찰이 되고, 중국 쪽에서는 입찰에서 불법적인 일을 저질렀다며, 소송을 했겠지.

─현재건설만 없으면, 제 놈들이 입찰할 게 뻔 하니 소송을 건 것이지요.

고름이란 사우디에서 행해지는 비리를 말하는 것이리라.

'이상한데? 그걸 왜 내게 떠넘기는 거지?'

곽 이사의 성격상, 자기가 말하고 알리에게 생색을 내어야 마땅한데 말이다.

"곽 이사님이 직접 하시는 게 좋지 않습니까?"

―그게…….

잠시 망설이던 곽 이사가 말을 이었다.

―그날 이후로 알리 왕자가 영 껄끄러워서 말입니다.

"그날이라뇨?"

―그…… 그 알리 왕자의 응접실에서 저희 단둘이 독대했던 날, 기억 안 나십니까?

'응접실? 그게 무슨 말이지.'

눈동자를 굴리다가 생각이 났다.

"아! 그날이요?"

때린 놈은 기억에 없어도, 맞은 놈은 평생 가슴에 새긴다고 했던가?

곽 이사에게야 평생에 남을 악몽일지 몰라도, 나야 뭐! 쩝!

―네. 그 날 말입니다. 성훈 님께서 별일 아니라고 하셨으니 왕자도 그냥 넘어갔지만, 뭔가 개운치 않았나 봅니다.

'당신이 그렇게 느꼈다면 그런 거겠지.'

―그 뒤로도 몇 번 통화를 했는데, 제 말이라면 일단 먼저 의심을 하는 것 같아서. 영…….

그는 자신이 없는 듯 말꼬리를 흐렸다.

'자업자득이지.'

"정보는 확실한 겁니까? 저도 전화했다가, 괜히 알리에게 실없는 사람이 되는 거 아닙니까?"

─아니오. 이건 확실합니다. 다만 그쪽 건설부에 관련된 문제인 만큼, 제가 로비 문제를 거론하면, 알리 왕자가 자존심 상해할 것이기에, 직접적으로 거론하지 못하는 것뿐입니다. 중동에서는 공공연히 행해지는 일입니다.

알리에게 잘 보일 기회임에도 불구하고, 내게로 떠미는 것을 보면 어지간히 그날의 일이 트라우마로 남은 모양이었다.

'쯧쯧. 내가 너무 심했나?'

알리 왕자에게 좋은 소식을 전하고, 프랭크 때 진 빚이나 갚아야지.

"알겠습니다. 제가 알아서 잘 말할게요."

─감사합니다. 그럼…….

엇! 소송?

이번 건도 국제 소송이 될 건데.

"잠깐만요. 곽 이사님."

급히 전화를 끊으려다 다시 받은 모양인지, 그의 목소리가 먼 곳에서 들려왔다.

─네. 다른 말씀이라도?

"곽 이사님. 우리나라에서 국제 소송을 제일 잘 하는 변호사가 누굽니까?"

─그건 뭐 때문에 그러시는지? 혹시 사업을 시작하시는 겁니까?

'눈치는? 정말…….'

"아뇨. 제가 아는 사람이 곤란한 일이 있어서요."

건축에 관련된 일이라고 미리 알렸다가는 여기저기서 투자하겠다고 나설 지도 모른다.

아직 시기상조이니 관심이 덜할지는 몰라도, 내가 한다고 하면, 돈부터 들이밀 인간들이 꽤 있었다.

그런 거 있잖나?

묻지도 따지지도 않고 투자하겠다는 인간들.

'당장 곽 이사부터도 마찬가지고.'

―아! 그럼. 지금 저희 회사의 소송을 담당하는 로펌 대표에게 전화를 드리라고 하겠습니다.

"아뇨. 작은 건이라서 그럴 필요 없어요. 다음 주에 갈 거니까, 회사 이름이랑 연락처나 가르쳐 주세요."

―그러시다면 제가 문자로 넣어드리겠습니다.

64장
거래(去來)

　전지혁은 상쾌한 기분이었다.

　한국에서 이름을 날리며, 급성장을 하고 있는 삼일로펌이 그의 직장이었고, 오늘이 첫 출근을 하는 날이었다.

　그의 아버지는 좀 더 미국에서 법 실무를 익히기를 원했지만, 그는 빨리 한국으로 돌아와 자리를 잡고 싶었고, 그는 망설임 없이 삼일로펌을 선택했다.

　회사 건물의 화장실에서 전면 거울을 보며, 넥타이를 고쳐맸다.

　웃는 얼굴도 연습했다.

　"직원들에게 첫인상을 잘 보이는 게 가장 중요하다고. 쯥쯥, 오늘이 마이 퍼펙라이프가 시작되는 날이라고."

송곳니 사이에 낀 토스트를 혀로 밀어내며, 머리를 빗었다.

사무실로 들어서며, 기분 좋게 인사했다.

"굿모닝. 에브리원!"

안내 창구의 여직원들도 허리 숙여 인사한다.

"안녕하세요, 전 변호사님."

손들어 응대하며, 자신의 사무실로 들어갔다.

사무장이 책상 위에 서류철을 놓았다.

"전 변호사님. 이 파일 좀 보시겠습니까?"

거기에는 의뢰자의 인적사항과 소송을 제기할 곳의 계약서 사본 등이 들어 있었다.

그는 정리된 서류들을 하나하나 넘겼다.

"의뢰자 김성훈. 올해 스물다섯."

사무장에게 힐끔 눈치를 줬지만, 그는 미동도 하지 않았다.

"애가 의뢰를 했네요? 그리고 계약 파기 안건이라."

"네, 보신 대로입니다."

"그리고 상대 회사가 아메리카 스마트 시스템? 이건 뭐 하는 회사입니까?"

전지혁은 못내 탐탁지 않았다.

티를 냈음에도 사무장은 반응이 없었다.

'미국에서의 경력이 있는데, 이거 너무한 거 아닌가? 사업체도 아니고, 개인이 와서 이런 의뢰를 해? 삼일이 그런 싸구려가 아닌데.'

사무장이 그를 달래며 말했다.

"그건 이제부터 직접 알아보셔야지요. 미국에 계시던 전 변호사님께서 모를 정도면, 그다지 큰 회사는 아닐 겁니다."

"그러니까 하는 말입니다. 미국에서도 이런 조무래기들은 상대한 적이 없다고요. 스물다섯이라니. 그리고 서울도 아니고, 울산이네요? 그건 어디 붙어 있는 동네예요?"

"그건 전 변호사님께서 미국에서 오래 사시다 보니……."

"그게 중요한 게 아니잖아요. 사무장님. 제 첫 번째 사건이라고요."

나이 지긋한 아버지뻘의 사무장임에도 그는 거리낌이 없었다.

사무장 또한, 그의 태도를 탓하지 않았다.

"가볍게 워밍업을 한다고 생각하시면 좋을 것 같습니다."

"이런 거 말고, 좀 더 큰 일거리를 주세요. 이걸로 수임료를 얼마나 받겠어요?"

"대표님께서 개인의 국제 소송 의뢰는 전 변호사님께 전담하라고 하셨습니다. 그러니 성에 차지 않으시더라도 맡으십시오. 능력을 보여드리면 다음에는 더 큰 일을 주시지 않겠습니까?"

"대표님께서요?"

"네, 그렇습니다."

"그럼 어쩔 수 없죠."

실망을 하는데, 사무장이 미소를 지었다.

"이 건을 잘 해결하시면, 이번에 신설되는 현재건설 전담 팀에 배치되실 겁니다. 원래 그쪽을 맡기려고 하셨으니까요."

전지혁의 얼굴에 화색이 돌았다.

"정말입니까?"

"원래 전 변호사님 전공이 그쪽이잖습니까?"

"그럼요. Of course."

"손님 기다리고 계십니다. 들여보낼까요?"

"쩝, 알았어요. 들여보내세요."

'시험이라 이거지. 그럼 통과해야지.'

귀국 후 변호사로서의 첫 일이었다.

신고식으로 멋있는 사건을 맡아 실력을 보여주고 싶었지만, 기대와는 어긋났다.

'그래도 대표 당부니까, 해줘야지. 혹시 알아? 국제 소송이라면 대기업 자식일지도.'

그의 첫 고객은 기대를 무참히 망가뜨렸다.

소파를 권하면서 눈치채지 못하게 고객의 위아래를 훑었다.

'어떤 옷을 입었는지만 봐도, 그의 재력이 나오는 거든. 내

가 사람 보는 데는 일가견이 있지!'

그런데 이게 웬걸!

슈트 차림도 아니고, 캐주얼 복장이었다.

상의는 깔끔한 체크무늬 남방, 아래는 상표 모를 각선 면 바지, 신발은 나이키를 신었네.

'동네 복덕방을 잘못 찾아온 거 아니야?' 하는 착각이 들 정도로 가벼운 옷차림이었다.

'이건 격이 안 맞아도 너무 안 맞잖아!'

기대를 한 자신이 바보처럼 느껴졌다.

수임하지 않으면 될 일.

'맥 빠지네. 적당히 구슬려서 돌려보내야지.'

작은 한숨이 흘러나왔다.

🦋

'허 참. 어이가 없어서.'

저도 모르게 성훈의 목소리가 올라갔다.

"변호사님. 착수금이 이억이라고요?"

"네, 이쪽 시세를 잘 모르시니, 놀라시는 것도 당연합니다."

'시세? 이 사람이 지금 물건 파나?'

말투는 공손한데, 내용은 전혀 그렇지 않았다.

그의 차분한 말이 이어졌다.

"그 외에 추가적으로 발생하는 비용에 대해서는 따로 말씀 드리겠습니다."

성훈의 입가로 작은 웃음이 스쳐 지나갔다.

'이익 없으면 생각도 하지 말라는 거네. 어쩐지! 처음 들어올 때부터 위아래를 훑어보더라니.'

그의 말은 정당하다.

가격이 정해진 물건을 파는 것도 아니고, 의뢰받은 일을 하는데 필요한 비용을 말하는 것이니.

금액이 맞지 않으면 안 하면 그만이었다.

하지만 기분이 좀 나빴다.

성훈이 말했다.

"음. 생각했던 거 하고 좀 다르네요."

변호사가 어깨를 으쓱하며 미소를 지었다.

"죄송합니다. 처음 오신 분들은 좀 놀라시더라고요. 얼마 정도를 생각하셨는지?"

그가 성훈을 물끄러미 바라본다.

그의 눈동자를 직시하며 말했다.

"대략 삼천. 많으면 오천을 생각했거든요."

'엇, 이것 봐라? 초보가 아니잖아?'

변호사는 약간 긴장했지만 이미 내친걸음이었다.

눈앞의 의뢰자가 오백만 원 정도의 터무니없는 금액을 말했다면, 우유나 더 먹고 오라고 비웃으며 돌려보낼 수 있었을 것이다.

"음, 고객님. 하지만 의뢰하신 건은 국제적 소송이라서 그런 비용으로는 좀 어렵습니다."

"그걸 감안해서 그 정도를 말한 겁니다."

"네?"

"변호사님 연봉 대충 일억쯤 되실 거고, 경력 좀 되신다고 해도, 이억 정도 되겠죠. 하지만 나이가 좀 젊으시네요."

전지혁의 얼굴이 살짝 굳었다.

'이 새끼. 뭐지? 점쟁인가?'

지금 그의 연봉이 일억이었다. 그것도 미국의 경력을 쳐서 그렇게 받기로 계약을 했다.

성훈의 말이 이어졌다.

"쉬는 날 빼고 일 년을 나누면 대충 일당 50만 원. 며칠을 이 건으로 움직이실지 모르지만, 10일 정도 잡으면 500만 원."

어린 녀석이 막힘없이 실비 정산을 해댄다.

저도 모르게 전지혁의 고개가 끄덕여졌다.

"미국에도 몇 번 갔다 오셔야겠죠. 그럼 왕복 비행기 값 300만 원, 3번 왔다 갔다 하면 1,000만 원이네요."

"하지만 그건……."

"설마 비즈니스 클래스를 타시려고요?"

"학생…… 아니, 고객님."

"아무리 자기 돈 아니라고 해도 그렇게 쓰면 천벌 받죠.

안 그래요? 변호사님?"

속내를 들킨 듯 뒷골이 뜨끔해졌다.

"그, 그야 당연하죠."

"그리고 호텔에서 묵는 숙박비 외에 잡다한 교통비 500만 원 정도 생각했습니다."

나름 논리가 있는 말이었다.

성훈이 말을 이었다.

"뭐, 거기다가 혼자 움직이시는 게 아니니까, 다른 사람들 인건비나, 회사에서 떼어가는 몫, 얼마 해서 많이 나오면 5,000만 원 생각했거든요."

전지혁은 자꾸 주름이 생기려는 미간을 펴며, 입술에 웃음을 머금었다.

아침에 그렇게 연습했던 미소를.

당황한 이마에 식은땀이 흘렀다.

'이 새끼. 이거 뭐지? 진짜?'

하나 논리에 밀려서는 체면이 안 서는 법.

한국의 새파란 대학생에게 말발로 밀리면 도대체 변호사를 어떻게 해먹는다는 말인가?

고객에게 미소를 보내며 말했다.

"하지만 고객님이 생각하시는 것처럼 그렇게 간단하지 않을 수도 있습니다. 미국에 세 번 가는 걸 계산하셨지만, 더 갈 수도 있는 것이고……."

버릇없는 젊은 녀석이 그의 말을 툭 잘랐다.

'싸가지없는 놈.'

"사실 세 번도 많이 잡은 겁니다. 왔다 갔다 하는 걸로 이틀을 까먹는데, 이 정도 일이라면 한 번으로 끝내야죠."

"하지만 모든 일이 뜻대로 되는 건 아니죠."

성훈이 피식 웃으며 말했다.

"변호사님, 그 이상 가면, '나 능력 없다'는 말밖에 안 되는 겁니다. 고객의 돈을 이틀 일당 100만 원에 비행깃값 300, 그 외 숙박비와 자질구레한 교통비 100, 총 500을 공중에서 날린 거니까요."

전지혁의 머리가 지끈지끈 아파왔다.

'이미 가격을 다시 부르기에는 늦었고, 이 자식을 어떻게 쫓아내지?'

"곽 이사님, 제가 먼저 찾아뵀어야 했는데."

삼일로펌의 대표 이사, 전수현이 곽 이사를 향해 정중히 고개를 숙였다.

"괜찮습니다, 전 대표님. 바쁘신 분을 오라 가라 할 수 있나요? 제가 오는 것이 맞지요."

전 대표가 안내를 자청했다.

"이사님, 사무실로 가시면서 말씀하시죠."

"그럽시다."

걸음을 옮기며, 곽 이사에게 말을 이었다.

"곽 이사님. 이번 중동 건은 저희가 도움을 많이 받았습니다."

"뭐 그런 게 도움이라고 할 수 있습니까? 그저 알리 왕자에게 한마디 한 것뿐인데요."

곽 이사가 호탕한 웃음을 터뜨렸다.

"그런 말씀 마십시오. 그때만 생각하면 얼마나 등골이 서늘한지. 알리 왕자의 도움이 없었다면, 어떻게 승소를 할 수 있었겠습니까?"

"허허허. 이거 참."

"왕자님과 많이 친하신 모양입니다."

"그와 아주 친한 분을 제가 알아서 말입니다. 오히려 알리 왕자는 도움을 받았다면서, 고맙다는 말을 전해달라고 하더군요."

"그러니까 그 호텔 건도 어렵지 않게 수주를 하셨겠지요."

"그때는 운이 좋았을 뿐입니다."

아무리 봐도 겸손한 사람이었다.

'듣던 말과는 많이 다르네. 여우같은 인물이라 조심하라던데, 이렇게 겸손할 줄이야.'

승강기에 단둘이 남자, 곽 이사가 말문을 열었다.

"제가 방금 말씀드린 그분이 조만간 로펌을 방문하실 겁니다.”

“아! 그렇습니까? 여기는 어쩐 일로.”

“혹시 아는 법률사무소가 있느냐고 물으시기에, 제가 추천해 드렸습니다.”

전 대표의 허리가 꾸벅 숙여졌다.

“아이고, 감사합니다.”

곽 이사가 높여 부르는 인물이라면 보통 인물은 아닐 터!

“연세는 어찌 되시는지.”

“아직 한창 나이시지요.”

“아! 그럼?”

곽 이사가 손가락을 입에 갖다 댔다.

“그냥 그분이 의뢰하신 일만 잘해주시면 됩니다. 나중에는 어마어마하게 큰 의뢰를 맡기실 테니까. 이번 일이 아마 신호탄이 되지 않을까 싶습니다.”

“맡겨만 주십시오. 그런데 언제 오시는지?”

“이번 주에 오신다고 했으니, 오늘 내일 정도가 아닐까요?”

“아! 특별히 잘 응대하겠습니다.”

미소 짓는 그에게 곽 이사가 귓속말을 했다.

“그분이 계약 파기 건을 말씀하시던데, 어떤 내용인지 저한테만 살짝 귀띔을…….”

“엇! 이사님. 그건 비밀 엄수…….”

“어허, 대표님. 우리 사이에.”

전 대표가 고개를 끄덕였다.

"알겠습니다."

가는 것이 있으면 오는 것도 있는 법.

갈 거(去), 올 래(來).

거래(去來)란 애초에 그런 것이 아니던가?

미래와 현재의 대박 고객을 위해서, 그 정도 위험은 감수하는 것이 마땅했다.

로비에서 사무장의 인사를 받으며 물었다.

"사무장. 전 변은 바쁜가?"

"지금 상담 중이신데, 곧 끝날 것 같습니다."

"오! 벌써 첫 번째 의뢰를 받은 건가?"

"그렇긴 합니다만. 캔슬이 될 것 같습니다."

"왜?"

"국제 소송 건이라 그에게 돌리기는 했지만, 의뢰인이 학생입니다. 성에 차겠습니까?"

대표가 실망한 얼굴로 말했다.

"그런가? 항상 큰 의뢰만 들어오는 건 아니지. 그 녀석도 처음부터 큰 걸 맡으면 부담이 될 테고."

대표가 곽 이사를 향해 말했다.

"곽 이사님, 새로 들어온 신입인데, 이번에 꾸릴 현재 전담팀에 투입될 겁니다. 한번 만나 보시겠습니까?"

어쩐 일일까?

곽 이사가 심각한 표정을 짓고 있었다.

'별로 기분이 내키지 않는 건가?'

"아! 내키지 않으시면……."

"괜찮습니다."

"미국의 로펌에서 근무한 경험도 있고, 꽤나 쓸 만한 재원이 될 겁니다."

"그렇다면 안면을 익혀둬야지요."

"혹여 불편하신 거라도."

"아닙니다. 들어가시죠."

곽 이사와 나란히 걸으며 흐뭇한 표정으로 말했다.

"이사님, 사실 제 아들이라서 아니라……."

그러나 그의 말은 지나가던 여직원들의 수다에 묻혀 버렸다.

"아까 면바지 입고 온 학생 봤어?"

"응. 어떻게 센스도 없이, 이런 데를 그런 차림으로 올 생각을 했지?"

"그런데 입은 것 같지 않게 엄청 부잔가 봐!"

"네가 그걸 어떻게 아니?"

"아, 글쎄. 주차장에서 봤거든. 노란색 카마로에서 내리더라니까."

"정말? 정말? 나도 가서 볼래."

곽 이사의 인상이 꽉 찌그러졌다.

내가 기죽기라도 바랐던 것인가?

"어떻게 하시겠습니까? 고객님."

오억짜리 계약을 무산시키는 데, 이억을 내놓으라 한다.

'그것도 추가 금액까지 얘기하면서?'

이건 무조건 하기 싫다는 것이고.

나도 안 하면 되는 거다.

'기분은 별로지만, 똥 밟은 셈 치지. 뭐.'

한국에 로펌이 이거 하나만 있는 것도 아니고, 곽 이사의 얼굴이 떠올랐다.

'이런 업체를 소개시켜 줬다 이거지. 아무 생각이 없네.'

그게 아니라면, 현재 정도의 기업이 와야 상대해 준다는 건가?

내 스스로의 피해망상일지도 모른다.

'나이를 보아하니, 경력도 얼마 안 되는 것 같은데, 그래도 납득을 시키려고 일일이 귀찮게 설명을 한 건데.'

그래도 안 통하면 일어서야지. 방법이 있나?

하지만 물어보고 싶었다.

"너무 비싼 것 아닙니까?"

전지혁이 고개를 갸웃하며 미소 지었다.

'이왕 어긋난 것, 끝까지 대차게 나가야지.'

한번 약한 인상을 보이면 깔보이게 될걸?

"고객님. 비싸다고 생각이 드실 수도 있지만, 거기에는 이유가 있지 않겠습니까?"

이 돈을 지불하고도 할 수는 있었다.

'하지만 뒤통수 맞으면서, 거래를 할 수는 없잖아.'

얼마나 호구 취급을 받을 것인가?

'돈은 있지만, 너하고는 안 해.'라고 큰소리를 치자니, 바보가 될 것이고.

'이 인간은 코웃음도 치지 않을 텐데, 혼자서 생쇼를 하는 거지.'

하나 '그 금액에 하겠다'고 돈질하면 당장은 기분이 좋겠지만, 그건 바보천치가 된다.

그럼 답은 조용히 일어나는 것, 하나였다.

'쩝. 일하는 것 보고, 차후의 소송도 맡기려고 했더니, 이건 영 사기꾼이네.'

위험 부담이 크고, 패소를 할 가능성이 많다면 큰 비용을 들여서라도 승소 가능성을 높이는 것이 이치에 맞겠지.

지금은 경우가 달랐다.

'여차한 경우에는 그냥 위약금 일억 오천 물어버리고, 계약 취소하는 게 낫지, 내가 미쳤다고 이억이나 들여서 이 일

을 하겠어?'

거기다가 그들이 컴퓨터를 구입한다고 사용한 계약금 오천은 당연히 지불할 생각이 없었다.

그것도 위약금에 포함되니까.

고로 나는 일억만 있으면, 이 일을 해결할 수 있는데 뭐? 이억. 그것도 추가 비용이 들어?

'이 양반이 누굴 호구로 아나?'

이미 내가 제출한 계약서 사본을 자세히 훑어보기만 해도, 내가 얼마 정도를 생각하고 왔는지 뻔히 알 텐데. 이렇게 나온다는 건, 하기 싫다거나 혹은 나를 바보 취급하는 것이었다. 이유는 모르지만, 적어도 내가 거기에 장단 맞춰 줄 이유는 없었다.

"하여간 변호사님은 이억이 마지노선이라는 거 아닙니까?"

"정히 비용이 부담되신다면, 약간의 협의를 거쳐서 디스카운트해 드릴 수도 있습니다."

"아뇨. 괜찮습니다. 저는 일을 제대로 해 주길 원하는 거지. 처음부터 비용을 깎아줄 생각으로 세게 부른 거라면 신뢰가 가질 않네요."

"제가 일부러 그랬다는 말입니까?"

살짝 기분이 나쁜 모양이었다.

나도 기분이 안 좋기는 매한가지.

하나 다른 곳을 찾아가면 될 일.

굳이 여기서 감정 소모를 할 필요가 있을까?

나중에 정히 열이 받는다면, 곽 이사를 불러서 화풀이나 해야겠다.

'네가 화가 난다고 어쩔 거냐?'라는 당당한 눈빛이었지만 세상물정 모르는 어린 친구와 드잡이질을 해서야 내 체면만 상한다.

나이든 사람이 이랬다면, 어떻게든 작살을 내려고 덤볐겠지만 말이다.

눈썹을 으쓱이며 답했다.

"아뇨. 제가 받아들이면 거래 성립. 받아들이지 않으면 거래 무산. 그게 거래란 거죠."

그가 수긍하듯 나처럼 눈썹을 으쓱했다.

"그러니까 저는 다른 로펌을, 당신은 다른 고객을 찾으면 되는 거죠."

"그렇지요. 거래가 무산되어서 섭섭합니다."

"저도요. 어느 정도 프리미엄이 붙을 걸 생각하고 왔지만, 제가 생각했던 것보다 문턱이 좀 더 높았나 봅니다."

일어서는데, 변호사가 말했다.

"고객님. 앞으로 이런 곳을 드나들 때는 어울리는 차림을 하시는 게 더 좋을 것 같습니다."

"그러도록 하죠."

'나중에 수트를 입고 와 봐야겠네. 어떤 반응을 보이는지.'

다시 올 일이 있겠느냐마는.

🌀

통유리 너머로 상담하는 모습이 보였다.

'불쾌하지만 않았으면 좋겠는데.'

곽 이사의 머리가 지끈거렸다.

아까 대표와 사무장의 대화로 봤을 때는, 뿔이 나도 단단히 났을 것 같은데.

'아. 시팔. 나도 알래스카로 가는 것 아니야?'

김성훈이라는 인간과 척을 쳐서 좋게 끝나는 꼴을 본 역사가 없지 않은가?

문을 열릴수록 그의 가슴도 두근두근 방망이질 쳤다.

'여길 소개해 준 사람이 나라고. 제발……'

아직 의뢰가 파토나지만 않았다면, 전 대표에게 압박을 넣어서라도 거래를 성사시킬 수 있을 것이다.

'젠장. 이미 늦었구먼!'

막 자리에서 일어서는 성훈의 뒷모습이 보였다.

이미 노란색 카마로에서 그 주인의 정체를 짐작했지만, 뒤통수만 보고도 금방 알 수 있었다.

'어떤 결과가 나왔을 것인가?

저 뺀질뺀질한 젊은 변호사 놈의 얼굴만 봐서는 알 수가 없었다.

성훈이 돌아섰다.

뭔가 찝찝함이 남아 있는 얼굴.

기분 좋게 의뢰를 맡겼다면, 절대로 나오지 않을 표정.

'크흑. 망했구나.'

전 대표가 말했다.

"하하. 마침 상담이 끝났나 보군."

젊은 변호사가 책상을 돌아 나왔다.

"엇? 대표님. 지금 막 끝났습니다. 그런데 무슨 일이십니까?"

"아! 곽 이사님. 이 친구가 아까 말씀드린⋯⋯."

전 대표가 웃으며 곽 이사를 돌아보는데, 딱하게 굳은 그의 얼굴이 눈에 들어왔다.

"왜 그러십니까? 이사님."

그에 대한 대답은 뒤에서 들려왔다.

캐주얼차림 젊은이의 목소리였다.

"이사님. 이거 완전 뒤통수 맞았는데요?"

곽 이사가 급히 허리를 숙였다.

전 대표는 혼란스러웠다.

'이게 어찌된 영문이지?'

자신의 아들, 전지혁에게 하는 인사는 아닐 터, 그렇다면 남은 사람은 한 명 뿐.

"곽 이사님. 뜬금없이 이게 무슨……."

곽 이사의 입에서 공손한 인사말이 나왔다.

"불쾌하셨다면 죄송합니다. 제가 미처 연락을 드리지 못해서."

"곽 이사님 잘못은 아니죠. 이런 차림으로 여길 방문한 제가 잘못이죠."

성훈이 걸어 나오며 말했다.

"이런 데를 방문하려면 드레스 코드를 맞춰야 하나 봅니다. 몰랐습니다."

곽 이사는 나가려는 성훈의 손을 붙잡으며 말했다.

"성훈 님. 그럼 제가 다시 한 번 얘기를 해보겠습니다."

"아뇨. 그러실 필요 없습니다."

곽 이사가 고개를 들며, 성훈을 바라보았다.

"그럼 이미?"

"여기랑 거래하고 싶은 마음이 없거든요."

성훈에게 다급히 말을 이었다.

"그럼 제가 다른 곳을 알아볼까요?"

"아뇨. 이제부턴 제가 알아서 할게요."

성훈이 문을 열고 로비로 나갔다.

"이사님. 이게 어찌된 일인지?"

곽 이사는 자신의 소매를 붙드는 전 대표의 손을 뿌리치며 으르렁거렸다.

"당신네 직원이 지금 무슨 일을 한 건지 아는 거요?"

성훈의 뒤를 따라 방을 나서며 말을 이었다.

"이 일에 대해서는 반드시 책임을 져야할 거요. 전 대표."

방금 전까지 화기애애했었는데, 이 표정 변화는 어인 일인가?

얼마 전 미국에 있는 친구와의 통화가 떠올랐다.

'전 대표. 현재건설과 일하려면 가장 조심해야 할 사람이 곽 이사라네.'

'그 사람이 요즘 뜨는 실세라면서? 사람이 그리 막돼보이지는 않던데?'

'내가 지금까지 현재와 일하면서 만난 인물 중에 가장 교활한 사람이지. 그리고 한 번 밉보인 자는 절대로 그냥 두지 않거든.'

그리고 그는 이렇게도 말했었다.

'곽 이사. 그는 양날의 검이야.'

'그게 무슨 말인가?'

'잘 되고 있을 때는 한없이 잘 대해주지만, 관계가 틀어지면 바로 자네 목을 겨눌 거라네.'

'음. 그래서 양날의 검이군.'

친구는 이전에 현재와 거래한 경험이 있었다.

그가 전 대표를 걱정하며 말을 이었다.

'그에게 밉보이면 안 돼. 절대로.'

'훗. 밉보인다고 죽기야 하겠어?'

웃음 섞인 대꾸에 그는 이렇게 답했다.

'적어도 같은 일을 하면서 한국에서 살 생각은 하지 마.'

'훗. 그럼 어쩌라고?'

'그냥 변호사를 접든지, 아니면⋯⋯.'

'아니면?'

'다른 나라로 뜨던지.'

영문을 몰라 하는 자신에게 그는 말했었지.

'나처럼 말이야.'

그게 고작 일 년 전 이야기였다.

일 년 동안 현재와의 협업은 순항 일로였고, 곽 이사가 어떤 인물인지를 잊고 있었다.

하나 한 번 실수로 대업을 그르칠 수는 없지 않을까?

'이류였던 회사가 현재의 허드렛일을 하면서 일 년 만에 일류로펌이 되었다고. 이제 초일류로 발돋움하려는 찰나였는데.'

지금 양날의 검이 자신의 목을 겨누고 있었다.

'이게 무슨 영문이람.'

이유도 모른 채 목을 베이게 생겼다.

'이 일을 따내기 위해 얼마나 공을 들였는데.'

물을 곳은 단 한 명, 아들에게 시선이 닿았다.

'원인을 알면, 해결책도 보이리라.'

"그래서? 그 고객에게 바가지를 씌웠다고?"

"바가지가 아니죠. 저는 제가 생각하는 가격을 불렀고, 그는 포기한 것뿐이죠."

속이 부글부글 끓었다.

'포기가 아니라, 버림당했다는 걸 모르겠냐? 멍청아. 미국에서는 잘만 하더니.'

법 공부는 했지만, 세상 공부는 아직 덜 된 모양이었다.

'품에서 가르칠 것을, 미국에 너무 일찍 보냈어.'

전 대표가 고함을 질렀다.

"그걸 바가지라고 한다. 망할 녀석아."

전지혁이 어깨를 으쓱하며 말했다.

"아버지. 거래가 무산된 것뿐이라고요. 그래봤자 고작 이억이고."

"고작 이억? 고작! 이억!"

"왜 그러세요? 아버지. 무섭게. 진정하세요."

"내가 이 회사를 어떻게 키웠는지 알아?"

속사포처럼 고함을 질러댔다.

"수임료 50만 원부터 시작해서 이 자리까지 오는 데 30년이 걸렸다. 삼일이라는 이 이름 하나로 말이다. 그런데 고작 이억?"

"이렇게 공들인 회사가 한꺼번에 무너지게 생겼는데, 뭐가 어쩌고 어째?"

아버지의 격한 반응이 의외였던가?

전지혁은 도끼눈을 뜨며, 대꾸를 했다.

"조건이 안 맞아서 못하는 걸, 왜 그렇게 심각하게 생각하세요?"

그의 말에 전 대표의 눈 밑에 경련이 일었다.

"후우……. 네가 상황을 잘 모르는 것 같으니까, 제대로 설명해 주지. 아까 나랑 들어왔던 분이 누군지는 알아?"

"모르죠. 제대로 설명해 주지도 않았잖아요."

"우리를 일류에서 초일류 로펌으로 끌어올려줄 현재건설의 곽 이사다."

"고작 우리 회사가 겨우 이사에게 기대야 올라갈 정도로 작은 회사인가요?"

아들의 속편한 말에 헛웃음이 나왔다.

"허. 최악의 경우에는 우리 회사가 사라질 수도 있다는 말이다. 알기는 하냐?"

"에이. 설마요? 한국이 그렇게 무법천지는 아니잖아요."

돈 앞에 법은 무의미하다.

눈앞이 캄캄해졌다.

'아까 어떻게든 붙들고 사과했어야 했는데.'

잠시 후. 전화벨이 울렸다.

"네. 곽 이사님. 아까는……."

─전 대표. 현재와의 일은 없던 걸로 아시오.

"하지만……."

여기서 우릴 괴롭힐 거냐는 말을 하는 건 순진해 빠진 소리. 곽 이사는 무슨 수를 써서라도 자신의 길을 막아설 것이다.

방법은 하나뿐이다.

'어떻게든 그의 기분을 풀어야 해.'

"일단 사과할 기회라도……."

─흥, 그런다고 실수가 없어지는 거요?

"하지만……."

─전 대표. 세상 참 편하게 사십니다.

비꼬는 것이 명백한 말임에도, 그는 감히 대꾸를 하지 못했다.

그는 갑중의 갑인 현재건설, 그중에서도 떠오르는 실세인 곽 이사가 아니던가?

작년 말, 그는 중동에서의 일을 잘 처리하고, 사장에게 직접 중동 관련 법적 분쟁을 총괄하라는 임무를 맡았다.

중동!

샘솟는 석유로 건물을 쌓아올리는 건설업계 최대의 블루

칩이었다.

건설 사업이 가장 많은 곳이 중동이고, 현재건설의 중동 책임자는 곽 이사, 게다가 곧 전무로 승진될 것이 확실한 인물이었다.

그런 인물에게 밉보이고서 중동 관련의 법률 문제를 하는 것은 요원한 일이었다.

"곽 이사님. 해명할 기회라도 주셔야……."

─닥치시오. 전 대표. 다음에 봅시다. 으드득.

이빨 가는 소리와 함께 전화가 끊어졌다.

뚜.

뭔가 섬뜩하면서도 의미심장한 말.

다급하게 리다이얼을 눌렀다.

하지만 전화를 받지 않았다.

전 대표가 소파에 털썩 주저앉았다.

"지혁아. 방법을 찾아라."

"왜요? 아버지는 자존심도 없어요?"

"그건 네가 곽 이사를 몰라서 하는 말이야. 그가 얼마나 냉혹하고 비정한지를."

"그냥 사과하면 되는 일이잖아요. 제가 가서 사과할게요."

그가 고개를 저었다.

"일단 이 일을 해결할 방법부터 찾아. 사과는 그 뒤의 문제다."

알아서 기어야 한다.

그래야 이 냉혹한 세계에서 살아남는다.

−성훈 님. 삼일 로펌의 전 대표입니다.

'대체 몇 번을 전화하는 거야.'

곽 이사에게 한마디 불평을 했던 여파가 그들에게까지 미친 것이리라.

갑질에는 도가 튼 곽 이사이니, 얼마나 그들을 괴롭게 했을 것인지, 눈으로 보지 않아도 훤했다.

세 번째 전화가 울릴 때는 받고야 말았다.

"저는 당신에게 말할 것이 없습니다."

−실은 울산에 내려와 있습니다. 꼭 만나 뵈었으면 합니다.

일단은 만나기로 했다.

'얼마나 급했으면, 울산으로 내려왔을까?'

곽 이사가 생각보다 과하게 반응한 모양인데?

하지만 그렇다고 하더라도, 그들을 도와줄 생각 따위는 눈곱만큼도 없었다.

만난 자리에서 전 대표는 성훈에게 그간 있었던 일을 간략하게 설명했다.

"대표님은 저에게 곽 이사님을 컨트롤해 달라는 말입니까?"

"아닙니다. 절대로 그런 의미가 아닙니다."

"무슨 일인지 알고 싶지도 않고, 곽 이사님과 제 일은 상관이 없습니다. 저도 곽 이사님께 이래라 저래라 할 입장이 아니고요."

"그러실 거라 생각합니다."

"그럼요? 뭐 때문에 만나자고 하신 겁니까?"

전 대표의 등에 식은땀이 흘렀다.

'어제 곽 이사의 태도로 봐서는, 보통 사람이 아닌 것 같던데.'

아무리 생각을 해 봐도, 곽 이사가 그렇게 허리를 숙일 인물은 많지 않았다.

함께 온 전지혁이 고개 숙여 사과를 했다.

"어제는 제가 실례가 많았습니다."

성훈이 삐딱하게 고개를 돌리며 말했다.

"여기 오시기엔, 너무 고급스럽게 차려입고 오신 것 같습니다."

전지혁 또한 등에서 삐질 삐질 식은땀이 나왔다.

어제 자신이 성훈을 비꼬며 한 말을 그대로 돌려받았으니까.

얼굴 둘 곳을 모를 정도로 부끄러웠다.

"어제는 죄송했습니다. 진심입니다."

진심인지 아닌지가 뭐 중요하랴.

어차피 확인할 수 없는 진심.

그러나 그 말을 했다는 사실만이 중요하지.

철저히 머리를 숙이던지, 그게 아니라면 덤비든지.

덤비면 더 좋다. 밟을 명분을 주는 거니까.

'생각이 그렇다는 거지. 이미 머리를 숙이고 들어오는데, 들이댈 이빨이나 있을까?'

"바쁜 걸음 하신 것 같은데, 용건이나 말씀하고 돌아가시지요. 저도 바쁜 몸이라."

"어제의 실례를 사과하러 왔습니다."

성훈이 말했다.

"네. 사과 잘 받았습니다. 그럼."

"성훈 님."

일어서려는 성훈의 소매를 부둥켜 잡았다.

"어제 가져오신 의뢰 자료를 꼼꼼히 읽어 봤습니다."

"아. 제가 어제는 짜증이 나서, 그걸 받아온다는 걸 깜빡했네요."

손을 내밀자, 전 대표가 말했다.

"어제 말씀하신 것은 계약의 파기라고 알고 있습니다."

심드렁하게 대꾸했다.

"네. 그랬습니다만. 이미 다른 곳에 의뢰했습니다."

전 대표가 크게 숨을 들이쉬었다.

"헛. 그렇게나 빨리……."

성훈이 쓸쓸하게 웃었다.

"여기는 촌동네라서요. 제가 언제 또 서울을 올라갈 기회가 있겠습니까?"

비꼬는 말임에도, 그들에게는 뭐라 대응할 말이 없었다.

성훈이 말을 이었다.

"그렇게 좋은 곳에, 그렇게 비싼 비용으로 맡길 일이 아니더라고요."

전 대표가 이마를 훔치며 말했다.

"그건 전 변호사가 실수를 했었더군요. 사과하겠습니다."

"그건 이미 사과를 받았습니다."

"하지만 말뿐인 사과가 무슨 의미가 있겠습니까? 그래서……."

성훈의 눈치를 보며 말을 이었다.

"성훈 님의 그 건, 저희가 해드리겠습니다."

미심쩍은 눈으로 바라보자 바로 말을 이었다.

"아! 물론 무료로 해드리겠습니다."

"제가 돈이 없어서 그러는 것 같습니까?"

입꼬리를 올리는 성훈에게 전 대표가 다급히 양손을 내저었다.

"절대 아닙니다. 그럴 리가 없지 않습니까?"

"곽 이사님께 무슨 말을 들었는지 모르겠습니만, 제게 이러신다고, 딱히 곽 이사님께서 화를 푸실지는 모르겠습니다."

하지만 척하면 척이라고.

전 대표는 간절했다.

'일단 이 일이 해결이 되어야, 곽 이사의 화를 풀든지 말든지 할 거란 말입니다.'

간절한 눈빛이 통했던 것인가?

성훈이 일어서며 말했다.

"정 그러시면 해보세요. 하지만 제게 협조를 구할 생각은 하지 마세요. 그리고 제게 연락하지 마시고요."

성훈은 귀찮은 티를 냈지만, 전 대표는 결국 승낙을 받아냈다.

성훈을 마중한 후, 전 대표가 말했다.

"사흘 내로 이 일을 마무리 지어야 한다."

"아버지. 그건 불가능해요. 사흘 만에 어떻게 소송을 마무리한다는 말이에요?"

"어쩔 수 없다. 그것밖에 시간이 없구나."

전지혁은 이해를 할 수 없었다.

국제 소송이었다. 무조건 몇 주는 잡아먹게 되어 있었다. 그걸 아버지가 모를 리가 없는데 말이다.

결국 답답한 마음에 말을 꺼냈다.

"왜 사흘에 끝내야 하는지, 이유라도 말씀해 주세요."

"지금부터 사흘 동안이 현재건설에서 우리를 대체할 다른 로펌을 찾는 최소한의 시간이기 때문이다."

"아!"

"그 안에 이 일을 완료하지 못하면, 그 뒤에 해 봐야 '죽은 놈 불알 만지기'란 말이다."

"그러네요. 하지만 곽 이사란 분한테 좀 늦춰……."

전 대표의 인상이 일그러졌다.

'가격 흥정하는 게 아니란 말이다.'

"말미를 달라면 해주겠냐? 아예 전화를 받지도 않는데? 분명 수신 거부를 해놓은 게지."

물론 사무실로도 해 봤지만, 괜히 곽 이사의 화를 돋우지 말라는 비서의 핀잔만 들었을 뿐이다.

'지금 기사회생의 유일한 끈은 이 젊은이뿐이라고.'

"알아듣겠냐? 아들아. 우리 삼일로펌에 주어진 시간은 단 사흘뿐이다."

'이 건은 돈을 써서라도 해결을 봐야 한다고.'

중요한 건 결과이지, 최선을 다하는 마음이 아니다.

전지혁이 고개를 끄덕였다.

"당장 미국으로 날아가겠습니다."

"그래 한시가 급하다. 네가 아는 인맥을 총동원해서라도 그 일을 마무리 지어라. 여차하면 얼마가 들어도 바로 보내 주겠다."

"네. 알겠습니다."

그리고 사흘 후.

그들이 몇 장의 서류를 들고 찾아왔다.

"성훈 님. 이건 계약 취소 관련 서류입니다."

"상당히 일을 빨리 처리하셨네요."

"실제 재판이 진행되면, 아무래도 짧게는 몇 주, 길게는 몇 달의 시간이 걸리게 됩니다."

그 말뜻이 이해되었기에 고개를 끄덕였다.

전 대표가 말을 이었다.

"가장 빠른 방법으로 해결했습니다."

"그럼 이제 계약 문제는 해결이 된 건가요?"

상당히 빠르게 일을 해결했군.

확실히 실력은 있는 모양이었다.

건네받은 서류를 뒤적이며 말했다.

"이 뒤에 있는 것들은 뭡니까?"

"'아메리카 홈 스마트'에서 넘겨받은 데이터, 그것의 회수에 대한 관련 서류입니다."

"호오. 그래요?"

이들이 약간 달라 보였다.

'알아서 가려운 부분을 긁어줄 줄 아네.'

사실, 넘어갔던 데이터는 어느 정도 포기하고 있었는데.

"꼼꼼하시네요. 이런 부분까지 짚어주시고."

"성훈 님께서 목적하신 프로그램이 뭔지는 모르겠습니다만. 차후 그 회사에서 그 비슷한 것을 제작한다면 곤란하지 않겠습니까?"

"저도 그 부분은 걱정을 했었지요."

전 대표의 눈이 반짝 빛났다.

"할 거라면 확실하게 해야겠지요. 끝까지."

"하지만 이미 코딩한 것을 다른 곳에 카피했다면, 모조리 수거하기는 어려울 텐데요?"

전 대표가 열의에 찬 눈으로 말했다.

"그 부분에서는 계약 파기와 동시에 저작권을 등록하고, 차후 그런 프로그램이 나오지 못하도록 원천봉쇄했습니다."

호오. 거기까지 생각을 했단 말이야?

그럼 홈 네트워크 관련으로는 당분간 안심하고 진도를 나갈 수 있겠군.

'생각보다 일머리가 잘 돌아가는군.'

성훈의 입가에 미소가 지어졌다.

'이 정도면 베스트잖아.'

"삼일에서 일을 제대로 했네요."

전 대표가 이마의 식은땀을 훔치며 말을 이었다.

"가끔가다가 미흡한 일 처리로 나중에 소송이 걸리는 경우가 있습니다. 하지만 일의 마무리는 저희 삼일이 한국 최고라고 자부합니다."

거래란 주고받는 것.

설령 이게 사과의 표시라고 해도 받아먹고 입 싹 닦는 게 내 방식은 아니지.

'이들이 원하는 것이 뭘까? 내가 좋아서 해준 건 아닐 테고.'

일하는 속도와 꼼꼼함이 마음에 들었다.

휴대폰을 집어 들었다.

한 번의 착신음이 끝나기도 전에 연결되었다.

─성훈 님. 전화를 몇 번이나 드렸는데…….

곽 이사가 호들갑을 떨며 전화를 받았다.

"곽 이사님."

─저번에는 제가 주의가 부족했습니다. 삼일! 그놈들의 처리는 이번 주면 끝날 겁니다.

'시키지도 않은 짓은 잘도 하네.'

"굳이 그렇게까지 하실 필요가 있겠습니까?"

─당연히 그래야지요. 사람 볼 줄도 모르는 것들이 무슨 일을 하겠다고!

'이 양반. 또…….'

어찌나 고함을 쳐대는지 수화기를 귀에서 떼었다.

그의 격앙된 음성이 수화기를 뚫고 나왔다.

걱정으로 찌푸린 전 대표의 얼굴이 보였다.

곽 이사를 달래며 말을 이었다.

"그건 됐고요."

―되긴 뭐가 됐습니까? 그 버르장머리 없는 놈들은 제가 빠른 시일 내에…… 으드득.

뿌드득거리며 이를 가는 소리도 들렸다.

"제 일은 이미 처리되었습니다."

―아. 소송 건 말이군요. 다행입니다. 빨리 처리가 되셔서.

"네. 곽 이사님 덕분입니다."

곽 이사의 눈동자 굴리는 모습이 떠올랐다.

―그게 무슨 말씀이신지. 소송인데 벌써 처리가 될 리가 없는데……. 그 사무실 어딥니까? 저한테도 소개 좀 해주십시오.

따발총처럼 쏘아대는 그에게 웃으며 물었다.

"뭐 하시게요?"

―그렇게 일을 잘하면, 현재랑 일해야지요. 꼭 좀 소개해주십시오. 어딥니까?

잠시 뜸을 들이다가 말했다.

"그때 거기, 삼일 로펌요."

―네? 삼일이요?

"네. 일 잘하시는데요."

―네? 무슨 말씀이신지 자세히 설명을…….

"미안하다면서 사과를 하러 왔더라고요."

―네? 지금 옆에 있습니까? 저 좀 바꿔주십시오. 그렇게

귀찮게 하지 말라고 했건만. 내 이것들을!

곽 이사의 포효에 전 대표와 전 변호사의 얼굴이 노래졌다.

'둘이 짠 건 아니라는 말인데?'

전화를 하기 전에는 곽 이사과 전 대표가 짜고, 내 화를 풀어주려는 것이 아닌가 하는 의심을 했었다.

그런데 반응을 보니, 그게 아니었다.

'스스로 이렇게 판을 짰다는 건가? 그럼 제법이잖아.'

잘 달리는 말에게는 당근을 주는 법.

삼일 로펌이 마음에 들었다.

곽 이사에게 물었다.

"이미 현재는 삼일과 거래를 끊기로 하신 겁니까?"

―네. 이미 그렇게 결정했습니다.

"이미 결재가 올라간 모양이군요?"

―네. 이미…….

'이 양반이 어디서 구라를.'

"아직 삼일의 대안을 못 구하신 것 같던데…….

―네. 그렇기는 합니다만…….

피식 웃음이 나왔다.

"현재건설에서 대안도 없이 결재를 올린다고요?"

―그게……. 아직 대안이 없어서.

"그럼 아직 결재가 안 올라갔다는 말이네요."

―사실은 그렇습니다.

대안도 없이 결재를 올렸다가는 결재판 모서리에 머리통이 남아나지 않을 것이다.

'구라는 통하는 사람한테나 치세요. 방금 전에 로펌을 찾는다고 한 사람이.'

아직 희망은 남아 있었다.

"지금이라도 재고해 주실 수 없겠습니까?"

─그러실 가치가 있겠습니까?

"이사님의 일에 이래라 저래라 하는 건 도리가 아닌 건 알지만."

─……

"두 분이 화해하시고 좋게 해결하시죠?"

잠시 후 곽이사의 신음소리가 들렸다.

─끄응. 그걸 원하신다면 그렇게 해야겠지요.

"그럼 그렇게 해 주시는 걸로 알겠습니다."

─전 대표에게는 제가 따로 전화 넣겠습니다.

"그러면 더 좋고요. 요즘 제 일을 하시느라 살이 많이 빠지셨더라고요."

전화를 끊었다.

전대표의 얼굴이 밝아졌다.

"감사합니다. 성훈 님."

허리를 굽히며 큰 소리로 감사를 표했다.

"성훈 님께 관련된 소송은 제가 눈에 흙이 들어가는 한,

반드시 공짜로 해드리겠습니다."

"그러실 필요는 없습니다."

"아니. 해드리겠습니다."

"대표님."

"네?"

"그러실 필요 없습니다."

당황한 듯, 눈동자가 흔들렸다.

"하지만 제 성의인데."

"과도한 친절은 불편합니다."

그리고 준비해 둔 오천만 원을 내밀었다.

"성훈 님. 이러실 필요까지는……."

"일의 대가를 받는 건 당연한 일이죠."

"하지만 이러면 제가 죄송합니다."

거절하는 전 대표의 손을 붙잡아 수표를 쥐여주었다.

일의 대가!

그것은 너무 적으면 불공정하고, 너무 많으면 부적당하다.

대가란 넘치기 직전의 물그릇과 같아서 적정선이 있다.

그 선이 지켜지지 못할 때, 건강하지 못한 관계가 되고, 사회는 병든다.

'그리고 사실 호의를 호의로만 받아들이기도 어려웠거든.'

내 눈에는 그의 계산이 보이는 걸 어떡하나.

나를 붙잡음으로써 곽 이사를 묶어놓겠다는 계산, 더 나아가 당분간 현재건설과의 끈을 굳건하게 하겠다는 뜻이었다.

'아직 그러기에는 현재와 삼일이 격이 맞지 않다고요.'

더 크고 나서 다시 도전해 보던지.

"안타까워하지 마세요."

'자리에 맞는 옷을 입고 오란 사람은 당신 아들이었으니까.'

"네?"

"언젠가 또 좋은 기회가 오겠죠."

전 대표가 고개를 끄덕였다.

"다음에 또 일이 생기면, 반드시 삼일을 찾겠습니다."

그들이 서울로 돌아갔다.

to be continued